Uwe Tellkamp

Reise zur blauen Stadt

Insel Verlag

Insel-Bücherei Nr. 1323

Reise zur blauen Stadt

Ihr Antrag vom ...

Sehr geehrter Herr von Münchhausen,

nach der Kuratoriumssitzung vom ... muß ich Ihnen leider mitteilen, daß Ihr Antrag auf Förderung, über den eingehend beraten worden ist, nicht die nötige mehrheitliche Zustimmung der Gremiumsmitglieder gefunden hat.

Die Gründe für die Entscheidung des Kuratoriums können den Antragstellern aus grundsätzlichen wie praktischen Erwägungen nicht mitgeteilt werden. Dafür bitten wir Sie um Verständnis.

Ihre Antragsunterlagen erhalten Sie anbei zurück.

Mit freundlichen Grüßen

(unleserlich)

Geschäftsführer

Monsieur Papillon, Souffleur des Serapionstheaters

Keine gute Zeit für Ihre Fragen. Sie sehen ja.
Commodore Winter läßt seine Rauhreifmarine halten
und begibt sich zur Audienz in die Stadt
mit den Wasseretagen und Schwebstofftapeten.
Alle Häuser haben jetzt empfindliche Wangen.
Manche wirken wie große, gefrorene Schmetterlinge.
Andere, als wären sie aus Harfensaiten genäht.
Ich weiß, wovon ich spreche.
Beim Serapionstheater denke ich
an einen im Flug aufgehaltenen Ballon.

Aber lassen Sie uns in das Café gehen,
das die Form einer Postkutsche hat. Es gibt dort
guten Seelilientee, eine Streichholzkaravelle, und die Fische
sind noch comme il faut gekleidet. Das Radio
hat den Vorzug, neben einer Windrose zu schweigen.

Im Uhrenturm lebt ein Philosoph. Er hat
einen kleinen Wimpel in einer mir unbekannten
Farbe gehißt und nickt mir auf arabisch zu.

Ich kenne mich aus im Arsenal und gehe,
wenn die Oper oben jenen Grad von Neigung erreicht,
wo sie von selbst ins Herz
der Wehmut schwimmt. Dann braucht mich niemand mehr.

Mein bester Freund ist der Theaterschneider.
Er raucht Nelkenzigaretten. Manchmal
hilft er aus am zweiten Fagott. Das liege ihm, sagt er.
Es habe den Klang schwedischer Stopfkissen.
Rindenbraun, mit Einschlägen von Gelb,
die Kleidung der Giraffenkräne im Hafen von Stockholm.

Für unser Haus haben wir nur musikalische Steine verwendet.
Der Pförtner kennt jede Note, und die Flure sind lyraförmig.
Parkett und Bühne mußten wie Klaviere zu reisen verstehen.
Wenn der Dirigent seinen Stab aus Wiener Brokat hebt,
fliegen tausend Ton-Nadeln zugleich
auf die magnetische Spitze. Ein Funke, und sie sind
verschmolzen zu einer waldklaren Glocke.
Mozart, der ihn in der Eisblumenloge hörte,
hat ihm eine blaue Schallplatte geschenkt.

Das Arsenal im Theater ist von der Bauart,
bei der man die Augen schließen muß, um sie zu sehen.
Hier liegen die Wohnungen der Librettisten,
und neben dem Feuerlöscher hängt ein Fallreep
nach Dresden, zum Zirkus Sarrasani. Mein Zimmer
befindet sich neben der Kajüte des holländischen Kapitäns.
Die Primadonna empfängt nur nach Voranmeldung,
und dann meist oben im Kabinett der Sterndeuterin.
Der Zauberer hat ein Schild an der Tür:
Wenn du das wirkliche Blau suchst,
wirst du bald in der Tinte sitzen!
Ich brauche nicht zu klopfen. Er spielt Schach
mit dem Fänger der Trapezartisten oder Domino
mit dem ungarischen Krokodildompteur.

Am liebsten bin ich im Schnürboden.
Dort haben wir die Kostüme. Früher habe ich nachts
diese gewebten Worte eines Märchenbuchs
hinab ins Leben gelassen.

Meine Wohnung liegt hoch, und ich lebe allein.
Ritter Schattenherz, mein Nachbar, sagt, man merke das
am Zustand meiner Blumen. Ich bin ein guter
Gärtner geworden. In der Blüte einer meiner Orchideen
schläft ein Zebra. Es ist sehr geduldig
mit der kleinen, etwas ungeschickten Pharaonin,
meiner Katze. Sie ist als Baby in einen ägyptischen
Farbtopf gefallen. Sie putzt am Schwarz,
bis es ihr Erstaunen zeigt.

Wenn Sie wollen, schreiben Sie mir. Ich stehe nicht
im Telefonbuch. Briefe erreichen mich
unter der Adresse von Münchhausen. Hier, bitte.
Und hier schenke ich Ihnen seinen Bleistift.
Nichts zu danken.

Ich mache mir noch etwas zu essen,
bevor ich schlafen gehe. Der Spiegel frankiert das Licht,
abendliche Fracht. Ich habe fast nur
Erinnerungen für meine Liebe.

Admiral von Krusenstern, ehemaliger Befehlshaber der Flotte

Das Endgültige ist in keinem unserer Häfen zu finden,
lautete ein Spruch im Büro des Direktors
der Londoner Nautischen Akademie.
So habe ich es auf den sieben Meeren gesucht.

Ich liebe es, im Winter früh aufzustehen.
Gegen fünf Uhr ist man mit Erinnerungen allein,
die an den Wänden in persischen Buchstaben driften.

Außerdem finde ich dann in meiner Bibliothek
sonderbare Bücher. Sie haben Einbände aus Eulenfedern.
Das Sonderbare ist, daß gerade sie mir
vom Haarausfall der Kreuzfahrer erzählen.

In meiner Zweitausgabe des Platon
nistet ein Schildkrötenpaar. So ist es
mit den Ideen in der Wirklichkeit. Sie täuschen sich.
Meine Erstausgabe ist mit dem Schiffsarzt auf Reisen.

Ich glaube inzwischen, daß es eine spezielle
Seekrankheit ist, das Meer auch an Land zu suchen.
Der Schiffsarzt sagte mir, ich litte am Offenen,
denn ich wisse, daß der Horizont
die Erfindung der Abenteurer sei.

Solche Konfessionen vertraue ich sonst
nur meinem Logbuch an. Wir sind nicht sentimental
und neigen selten zum Träumen.
Aber Monsieur Papillon hat Sie mir empfohlen,

und ich kenne ihn. War mal Steuermann
auf dem Carmilhan, dem größten holländischen Schiff.
Guter Mann. Las wie ich, wenn er auf die Segel sah,
das Wort Treue darin.

Ich gehe immer noch täglich
in meiner Uniform aus bestem dunkelblauem Tuch
ins englische Seemannsheim zum Mittagessen.
Ich speise am Tisch der Kap Hoorn-Fahrer.
Wir sind inzwischen alle befreundet, denn
seit dem Fünfmaster Preußen nimmt die Reederei Laeisz
keine Aufträge für Salpeterschiffahrt mehr an.
Uns fragt niemand um Rat. Eine Literaturstudentin
verwechselte mich mit Kapitän Marlow.
Dabei wissen alle im Hafen, daß Marlow zuletzt
auf der Erebus fuhr, die nicht wiederkehrte aus dem Eis.

Wir reisen nach innen. Stellen Sie sich das
wie bei einer Lampe vor. Sie schalten sie aus, das Licht
schrumpft in sich zusammen und hinterläßt
einen goldenen Fingerabdruck im Raum. Die Finsternis
zeigt Ihnen für eine Sekunde von ihren Schätzen.
Dann schließt sich die Hand.

Mein Jahrgang von der Londoner Nautischen Akademie
hat auf seinen Fahrten gelernt, die Dinge mit den Augen
eines Generals zu sehen. Ich kann da pro domo sprechen.
Die Dinge verwenden Konturen, brauchen Zeit und haben
ein rätselhaftes Herz. Den frischen, farbenglühenden Befehl
nimmt ein mächtiger Schmied in die Zange,
klopft die kompromißlos scharfe Spitze um

und läßt die Hitze im Wasserbad bis auf den bleiernen Teint
des Alltags ab. Freilich wird dabei das Wasser heiß,
und manchmal beginnt es nach Kaffee zu riechen.
Aber das ist nur das Leitsymptom
des Augenaufschlags der Bürokratie. Wir fürchten, daß er
in einer Schreibstube wohnt, der mächtige Schmied.

So ist am Ende, was eine Lanze werden sollte,
oft ein Hufeisen geworden. Reg dich nicht auf, haben wir gelernt.
Auch damit kann man werfen.

Bleiben Sie zu einer Tasse Tee? Wir kennen die Abfahrt
innerer Schiffe, kurz vor dem Schlaf. Jedes nimmt einen anderen
Körperteil mit. Man atmet ruhig, liegt mit geschlossenen Augen,
und all die verstrickten Takelagen des Tages
lassen los. Der Schlüssel wird frei, der die Tür öffnet
zwischen uns alten, vom Rheuma geplagten Seebären
und den Schiffsjungen auf Landgang im Traum,
die wir erst gestern waren.

Nun wohne ich doch in einem Hafen.
Ich weiß, es wird nicht für lange mehr sein.
Aber ich habe Freunde, wir sind Eisschwimmer,
und mit unseren Fernrohren sehen wir den Positionslichtern zu.
Das ist unsere Vorbereitung auf das letzte Patent
der Londoner Nautischen Akademie.

Dr. Larrios, Schiffsarzt

Meine Patienten mögen auf Sie
vielleicht sonderbar wirken.

Er webe Stoffe, welche die Schubkraft
von Packeis besäßen, sagt der erste.
Beim zweiten muß ich aufpassen, daß ich seine Termine
nicht zu nahe an die des ersten lege. Er baut Fliegen
und ein interessantes Vergrößerungsglas darüber.
Schauen Sie genau hin, sagt er, auch Fliegen aus Edelstahl
sind etwas für die Überholspur des Entzückens.
Sie besitzen jenes besondere Gleichgewichtsorgan,
das ihnen erlaubt, die Welt kopfunter zu betrachten.

Der dritte Patient ist eine Patientin. Sie sagt:
Sie, lieber Doktor, brauchen sich mir nicht vorzustellen.
Sie haben blaue Pupillen wie ich, das genügt.
Unser Geschäft ist das Teebrühen aus Schrift,
dann der Griff in die Dose mit den Stückchen Ostindien,
für sparsame Süße. Diese Würfel sind kostbar.
Wer weiß, wann sie wiederkehrt, die Compagnie.

Auch der Vertreter für Schiffslacke kommt zu mir.
Er schreibt mir auf, was er für Beschwerden hat,
denn sie seien subtil, und einige kenne er
noch gar nicht genau. Man müsse sich
zu ihnen vortasten. Er hat mir gestattet, Ihnen
eines seiner Schriftstücke vorzulesen. Er schreibt:
Ich träume gegen den Uhrzeigersinn. Es gab eine Zeit,
da konnte ich Gerüche durch Telefonleitungen sehen.

Aber Sie wissen vielleicht, daß das Geliebtwerden von fern
manchmal bedeutet, Iglus in der Sahara zu bauen.
Den Schnee dafür, lieber Doktor, können Sie einfach
aus der flimmernden Stadt dort oben beziehen.
Das Problem ist, den Schalter für die Sonne
zu finden, denn alle diese winkenden Lichtärmel
gehören wasserabgrabenden Schuften.
Und alles ist schwierig, sehr schwierig.

Ich glaube, Sie sollten Ihre Blutzuckerwerte
einmal prüfen lassen. Ach, haben Sie schon.
Und wie hoch …? Ja, das ist in Ordnung.

Viele meiner Patienten leiden am Morbus Melancholicus.
Das hat damit zu tun, daß sie in schönen Blumen
am Wegesrand fremde Besitzstempel entdecken.
Im allgemeinen bewegen sie sich in den Grenzen der Menschheit,
haben eine heikle Verdauung, Allergien, soeben
einen Kollegen gesehen oder den jüngsten Kontoauszug.
Manche, glaube ich, haben Verdacht geschöpft
und ahnen, daß ich es bin, der ihnen die aufmunternden
Briefe eines Archivars vom Hafen-Rundfunk schreibt,
die im *Meridian* stehen, unserer Zeitung hier.
Die meisten aber sind traurig über Sonderangebote
aus den Katalogen des Tadels oder Lob aus den
falschen Fixierbädern.

Auch ein Minimalist ist bei mir. – Das Schweigen
der Chirurgen dauert eine Minute. In dieser Zeit haben sie
die entscheidenden Schnitte getan, um zum Kern
des Problems zu gelangen, sagt er. Und Gedichte

seien Punktlandungen im Traum. Aus eigener Erfahrung
kann ich ihm sagen, daß er die Schweigedauer
eine halbe Minute zu hoch ansetzt.
Er meint, am Ende des Staunens
sollte kein Satzzeichen stehen. Manchmal habe er
den Eindruck, rechts mit dem linken Bein zu laufen.
Solange er trotzdem gut gehen könne, habe ich ihm gesagt,
sei das nicht der Rede wert. Statt der Steine
will er Gedichte im Brett haben. Aber das
ist nicht behandlungspflichtig, ebensowenig
wie sein Konsultationsgrund neulich. Er wollte
einmal im Geld schwimmen. Also, sagte er,
hob ich mein Konto ab, in kleinstmöglicher Münze,
hatte meinen Willen in der heimischen Badewanne
und zahlte danach alles wieder ein. Auch möchte er sich
meinen Blutdruckapparat borgen.
Er brauche ihn, um damit die Prahlerei
in den Versuchsballons zu messen.

Habe ich mich Ihnen schon vorgestellt?
Meine Frau und ich, wir leben auf dem Transatlantikschiff
im alten Getreidehafen, gegenüber der Zollstation,
wo die Walfänger rosten, die U-Boote Szeneclubs sind.
Meine Frau ist Krankenschwester. Wir haben
eine Tochter, einen Zitronenraben
und eine Schiffsuhr mit Lieblingsstunden.
Die läßt sie ungern ziehen. Wir leben beengt.
Wir verdienen beide nicht viel.

Ich mag sie, meine Patienten. Sie haben es alle
schwer im Leben. Wenn ich es ihnen etwas

leichter machen konnte, werde ich ihnen einmal
ein guter Arzt gewesen sein.

Libussa Federspiel, Lehrerin an der Nautischen Akademie

Kommen Sie herauf! Der blaue Klingelknopf ist meiner.
Möchten Sie ein Stück Mohnkuchen? Der Kaffee
muß noch durchlaufen, setzen wir uns.

Ich wollte den jungen Brückenbauer
zum Mann, der unsere vielen Inseln hier
mit seinem Bleistift verbunden hat.
Ich habe seine Briefe noch
im Schiffskoffer, mit dem wir reisen wollten.
Manchmal, wenn ich aus dem Fenster
auf den mürrischen, nilgrünen Kanal blicke,
ist der Himmel darüber ein sternbedruckter Regenschirm.

Il canale, wie mein italienischer Nachbar sagt,
ist immer noch auf der Suche nach dem tausendsten Wasser,
mit dem er sich waschen kann.
Der italienische Nachbar ist Malermeister.
Er ist Mitglied der Gesellschaft für Staffeleimaler.
Es ärgert ihn, daß es auch bei uns Fassadenschmierer gibt.
Es sei keine Leistung, die Leistung anderer zu beschädigen,
schimpft er. Wer Ideen in Farbe habe,
könne bei ihm Arbeit finden. Auch, wenn er oder sie
bei den Kommata noch nicht sicher sei.

Mein Nachbar zur Linken ist Student der Zauberkunst.
Gestern hat er im Supermarkt sämtliche Brokkoli
zugleich an die Decke steigen lassen. Leider
habe die allgemeine Bewegung auch die Würstchen
und Fertig-Plinsen erfaßt. Er habe gelernt, sagt er,

daß die mehrheitsfähigen Zauber
nicht immer die treffsichersten seien.

Im Tauziehen zwischen mir und meiner Kadettenklasse
siegen die nackten Mädchen gewisser Hochglanzzeitschriften
inzwischen seltener. Meine Kadetten ahnen nicht,
was man in Prag, wo ich geboren wurde,
für Kräfte bekommt. Man kann das Tau nämlich
am Horizont befestigen oder an einem Flaschenzug
namens Abschlußprüfung.

Wenn Admiral Krusenstern hospitiert,
ist es zu spät für Widerstand, sagen mir die Gesichter
meiner jugendlichen, anarchistisch gesonnenen Seefahrer.
Sie lernen allmählich,
daß auch im Blick der hübschesten Mädchen
ein Lesezeichen stecken kann.
Das ist der schwerste
der mir verfügbaren Gegenstände.

Der Kaffee ist durch. Mit Sahne?
Wo sind Sie eigentlich zur Schule gegangen?
Ah, ja. Ich kenne Dresden. Das ist auch eine
von unseren Städten am Meer.

Abendroth & Cie., Antiquariat im Hafenviertel

Mein Lehrer, der Antiquar Korra in Dresden,
war von verschollener Genauigkeit. Kommen Sie her,
und machen Sie über dem I noch ein Pünktchen,
es muß einerlei Handschrift sein! verlangte er beispielsweise.
Gerade dieser Punkt kann eine Fahrkarte werden
für die Schwebebahn ins Schloß.
Das geborene Meer, pflegte er nach längerer Betrachtung
des Pazifischen Ozeans zu sagen, und: Lieber Abendroth,
was Sie auch tun, im Ersatzkaffee sollten Sie nicht segeln.
Er schrieb mit Tinte und Stahlfeder
und hatte eine Büchse mit blauem Streusand.
Ich besitze sie noch.

Nach meiner Husarenzeit kam meine Berufung hierher,
auf die Stelle des Hofbuchhändlers Senecio Klee.

Ich öffne sechs Uhr. Das ist Krusensterns Stunde,
er kommt mit seinem Freund Kapitän Burton
auf einen meiner echten Brasilmokkas. Burton
hat eine Geschichte der Bordelle Sumatras geschrieben,
ein Vademecum Flüche der christlichen Seefahrt, Titel
Tausend Topptakelteufel, und ein Buch über die Fechtkunst
gegen zwei, fünf, auf den ersten Blick nicht zählbare,
und gegen einen Gegner, sich selbst. Wenn er Nelson sieht,
tippt er an den Dreispitz und nimmt die Pfeife aus dem Mund.

Wir sprechen davon, daß von den vier Menschen Unamunos
einem der vierte sehr selten begegnet.
Der er sein möchte, der er glaubt zu sein,

als den ihn die anderen sehen, der er ist.
Der vierte setzt einen Spiegel voraus, sagt Burton,
der rechts und links nicht vertauscht.

Ich schwimme gern. Ich suche
mir die Freundschaft des Wassers zu erhalten.
Denn was Leben ist, zeigt Ihnen der Blick
auf einen Grundriß des Nil.

Aber eigentlich sind Sie doch gekommen,
um etwas über Bücher zu erfahren, nicht wahr?
Bitte, hier entlang.
Es gibt Bücher, die lassen Apfelbaumzweige
durch die Seiten wachsen. Daran reifen Sorten,
deren Aromen durchsichtige fliegende Teppiche sind.
Muskatrenette, Roter Hauptmann, Hesperusapfel.

Manche Bücher sind nur abends auf Helikon.
Diese hier im Regal bereiten sich auf die Olympiade
im Schatten-Einkreisen vor. Andere stehen
unter dem Buchstaben Q. Ich weiß, warum.
Sie möchten, daß diese am stärksten verrostete Taste
auf dem Griffbrett meines Computers wieder einmal erklingt.
Hier eine Anleitung zum Gedichteschreiben.
Wenn du eine gelbe Rose gegessen hast,
wirst du mit allen vier Masten deines Körpers zugleich
in Gedichte segeln. Dies ist die erste Behauptung. Die zweite:
Manchmal hilft eine veränderte Perspektive.
Setzen Sie sich, und schreiben Sie einmal mit den Zehen.

Wieder andere legen Reißzwecken auf das A und O

und vor allem auf das E, diesen Dollar der Buchstaben.
In manchen Büchern hat das Haus der Kunst
von vorne bis hinten geschlossen. Nach dem Prinzip
der Gegensätze meist inmitten einer offenen Börse.
Ich führe auch diese Autoren, gewiß. Die Avantgarde
galoppiert; aber wo bleibt meine Firma? Wildpferde
ziehen keine Kutschen, nach meiner Erfahrung.

Monsieur Papillon, der hier öfters einkehrt, hält jedenfalls
viel von Zügeln zwischen Manna und Brot. Denn der Purpur,
sagt er, braucht Überlandleitungen zum Erscheinen.

Papierhöhlen gibt es. In der Zentagasse 16/40
sind wir in der Gießkanne der Poesie.
Wenn ich Ihnen etwas empfehlen darf – dieses hier.
Es gibt Rauchzeichen den Tagen auf Nikotinentzug.
Dieses … Wenn Sie mich fragen, eher nicht.
Ist aus der diesjährigen Zankapfelernte gepreßt.
Aber wenn Sie mögen … Immerhin hat er Witz, unser Kritiker.
Und die gehäuteten Schriften der anderen treiben ja
als apollinische Korken im Gemüt der übrigen Zunft,
wie Sie wissen.

Doktor Larrios, ebenfalls Stammgast, verschreibt
Hoffmannstropfen aus der Lyrischen Hausapotheke
gegen zu plötzliches inneres Wachstum. Die Kürbisse liegen dann
auf Senfkornniveau unter uns, und wir sprechen im Fieber.
Kennen Sie? Sehr brauchbares Medikament gegen diesen Morbus.

Aber genug aus dem Nähkästchen geplaudert.
Nicht mit dem Badesalz die Suppe würzen!
wie mein Lehrer Korra zu sagen pflegte.

Magister Grundtvig, Philosoph im Uhrenturm

Ankommen oder reisen? Sie stellen Fragen.

Schweigt der Wind, ist das Meer ein Amboß aus Mangan.
Morgens schöpft der Himmel mit Nebelkellen an der Stadt. Sie ist
ein ferner, fragiler Schneekristall. Blinkfeuer zucken herüber.
Ich beobachte die Fähren und ihr langsames Zeichnen des Traums.
Von der Nordseite meiner Wohnung im Uhrenturm
sehe ich die weißen Schnurrbärte der Wellen.
Das Netz der großen Winterspinne knistert,
wenn sie an den Eisschollen webt. Der Sund-Leuchtturm
wirft mir strohfarbene Grüße zu. Auch Sorley,
der Leuchtturmwärter, hat es jetzt wärmer als früher.
Von der Bohrinsel hat man Leitungen zu uns gelegt.
Nachts ist seine Stube ein zeitloser Argonaut
im Wandertreiben. Das Meer, immer das Meer.

Ich bin verheiratet und habe einen Sohn.
Meine Frau und ich leben getrennt. Wer allzulange nachdenkt,
sieht überall nur noch Komödie, sagt sie.

Meine Aufgabe hier ist, den Uhrenturm zu pflegen.
Er ist eine große Attraktion für unsere Touristen.
Zur Weihnacht erscheinen die Figuren in der blauen
Kreuzfahreruhr. Das ist Brauch von alters her.

Schon Vater und Großvater haben diese Stelle versehen.
Mein Vater hat mir eine Notiz hinterlassen:
Bleib dran, wenn Merkur für Coca-Cola Reklame fliegt.
Es gibt eine Sternwarte unter dem Dach.

Nicht so groß wie Uranienborg auf Hveen. Kein Wunder.
Brahe hat für die dänische Krone ein neues, mögliches
Grönland entdeckt. Es liegt in der Magellanschen Wolke.

Die Dinge sind reduziert hier. Schatten und Licht.
Die Hand des Wassers dazwischen, die tauscht.
Der Frühlingspunkt im Sternbild Fische. Die Rückkehr
der Feuerlilie um fünf Uhr morgens, lautlos
aus den Teleskop-Fingern der Zeit.

Dünungsmähnen am Horizont. Apfelschimmel,
angeschirrt an griechischen Sternen. Das Licht
tastet sich ins Meer, tränkt grünes Haar,
ausgekämmt von einer hektischen Zofe.
Folgen Sie mir. Ich muß ans Funkgerät.
Ich gebe dem Seewetterdienst Meldungen durch.
Beaufort sechs, starke Brise. Der Wind
wirft Tamburine gegen den Turm. Seien Sie unbesorgt.
Kein Sturm hat diesen Mauern etwas anhaben können.

Wenn Sie möchten, machen wir einen Rundgang
durch mein kleines Reich. Der Turm
ruht auf antiken Fundamenten. Hier entlang, bitte.
Diese Steine sind minoisch. Der Lapislazuli kommt
aus Bagdad und Schiras, der Rote Phosphor
aus Atlantis, wie ich glaube. Und das ist Ur-Gestein.
Nehmen Sie die Lampe – sehen Sie?
Die Umrisse eines Sonnenschiffs. Das ist ein
Mauerrest aus babylonischer Zeit. Der Seefahrer
am Ruder? Wahrscheinlich Gilgamesch,
der ausfuhr, den Tod zu besiegen.

Sie sehen, daß die Mechanik der Uhr hier verankert ist.

Es wird Mittag. Heute ist einer von den Tagen,
an denen das Licht sich den Knöchel verstaucht hat
und auf grauen Krücken humpelt,
ein Schatten seiner selbst.

Hier teilt sich die Uhr in sieben Künste.
Das schmale Rohr in der Mitte
steigt aus dem Brunnen tief im Fundament,
aus dem ich mein Trinkwasser beziehe. Dort
hat sie ein Andenken. Eine kleine Delle.
Touristen aus dem Land des Kaugummis.

Diese Steine stammen aus einer Kathedrale.
Die bunten aus einem böhmischen Dorf. Gegenüber
haben wir Kalkstein, ein verbreitetes Baumaterial
in Übergangsperioden; hier einen Gallenstein aus Danzig.
Und überall Zündstoff, wie Sie sehen. Schwefel.
Der macht mir zu schaffen. Hier
ist mein Stübchen.

Dämmerung draußen.
Wollen Sie Sorley noch besuchen? Ich kann der Bohrinsel funken,
daß das Lotsenboot Sie mitnehmen soll. Aber eine Fahrt
zum Leuchtturm ist bei diesem Wetter nur etwas für Seewölfe.

Nein, Ihre Frage habe ich nicht vergessen.
Auch auf dem Meer suchst du dich selbst.
Auch auf einem Schiff suchst du die Stille.
Weit hergeholt? Kommen Sie, es wird Abend.
Gehen wir die Uhr erhellen.

Nello Gaspescha, Coiffeur, Salon Pudelwohl

Gaspescha Nachf., um korrekt zu sein.
Mein Beruf ist, die Dinge von außen zu betrachten.
Ich bin vor allem Friseur, und die Vierbeinerpflege
ist nur mein Spielbein bei den reiferen Damen
des Schlosses. Auch Pekinesen und Dackel,
diese verbreiteten Blitzableiter der Liebe,
werden bei mir ein- und ausgetragen.

Ich öffne fünf Uhr dreißig. Ja, wir stehen früh auf hier.
Rittmeister von Schwerthgeburth kommt zur Rasur.
Für ihn ist die blaue Damaszener Klinge reserviert,
und Cathérine, meine Gehilfin, legt op. 55/2
von Haydn auf den Plattenspieler. Der Rittmeister wünscht
in f-Moll rasiert zu werden. Dann kommt Krusenstern
zu einem Plausch über Trafalgar und Alexander
den Großen. Er bleibt nicht lange. Kapitän Burton
holt ihn ab zum Mokka mit Pflaumengeist
bei Abendroth & Cie. gleich um die Ecke. Sechs Uhr öffnet
der Hafen, dann besuchen die Lotsen und Zöllner
von der Frühschicht meinen Salon.
Nello, dein Kaffee schmeckt wie frisch beschlagnahmt!
Da gibt's ein Leck in unserer Weltanschauung!
wundern sie sich.

Die Nachtschicht hat nur Zeit, wenn Cathérine da ist.
Sie will Harfenistin werden. Die Jungens tragen ihr
das Instrument auf die Mole; sie spielt *La Paloma*
für die ausfahrenden Frachter und die Schlamassel,
unser Quarantäneschiff. Mit Verstärker, natürlich.

Kommissar Jensen von der Hafenquaestur weiß, daß sich seine
Pappenheimerinnen aus der Ringelnatzgasse
gerne bei mir aufwärmen. Und auch ihre gestreiften Verehrer,
die leichten und die schweren Matrosen.

Quacklabrack, unser Hafeninspektor, läßt sein lichtes Haar
gegen zwölf von Luv nach Lee fieren. Hübsch
jedes Garn einzeln, Nello, du alter Flibustier! droht er.
Wenn die Redakteure vom *Meridian* das jüngste Gerücht
wissen wollen, kommen sie ebenfalls. Du machst
deinen Schnitt, wir unseren, sagen sie.

Auch wenn ich traurig bin, philosophiere ich
nur konkret. Dieser Rasierapparat zum Beispiel.
Klein, kompakt, macht die Haut glatt wie nasse Seife.
Sonderbar ist es doch, daß die Rasierapparatfabrikanten
je länger je mehr sich selbst über Löffel balbieren. Der perfekte
Rasierapparat ist dein letzter Arbeitgeber! sage ich immer.
Dann diese Punkte hier am Wasserhahn. Rot und blau.
Wir nehmen rot für warm, blau für kalt. Aber
die heißeste Glut ist ebenfalls blau,
und das ist seltsam, nicht wahr?

Argelander, Diplomat am Schloß

Hier sind Beziehungen alles.
Schiffe auf blauem Parkett sind meine Tage,
unter den Verhandlungssachen Wind, Segel und Fracht.

Ich verlösche im Zenit
und werde größer an den Rändern.

Meine Fragen sind Erinnerungen an Schuhe,
meine Antworten weisen heimwärts.

Er ist lang geworden, der Weg
des Wassers und des Brotes auf den Tisch,
und viele kennen ihn nicht mehr.
Sie sehen das Hafentor, die Buge,
die Speise und Trank bringen,
sehen die brennende Lampe,
nicht den Atem, der verlosch:
Leben wird Tod wird Leben.

Ich bin im Winter geboren,
mein Schatten im Sommer.
Wir verhandeln die Kraft der Sonne
an der Landesgrenze zwischen Freund und Feind.

Nur in Eden braucht man keine Kleider.

In meiner Tasche habe ich den Spatz,
der den Schatten einer Taube wirft.

Rostand, Clown im Cirque d'Orphée

Luft ist durchsichtige Leinwand, ich male
einen Regenbogen hinein mit drei Ecken,
trenne die Farben und vernähe sie anders,
male Erdbeereisbären und einen Propeller
für Seiltänzer in Not.

Meine Handschuhe sind weiß
für den Staub auf der Kindheit.

In Mailand habe ich Grocks Schatten
in einer Apotheke gefunden. Er hat einen Turban
und ist von kinderleichtem Stoff.
Ich zog ihn an wie ein Kleid,
begann zu verstehen.

Unser Zirkus bereist
die Novemberbuchten des Lichts.
Wir sind in vielen Städten gewesen.
Sie unterscheiden sich durch die Art,
das Lächeln zu vergessen.

Kommen Sie, ich zeige Ihnen den Zirkus!
Der schwebende Herr im Schneidersitz
ist Maître Miracle. Stören wir ihn nicht,
er gibt einen Fernkurs in Hypnose
und wird nicht vor Abend zurück sein.

Madame Clairon spielt eine karierte Klarinette.
Hören Sie? Die Töne gehen auf Pariser Zehenspitzen,

als wollten sie die scheuen Echos küssen.
Le Grand, unser Direktor, hat eine Schreibkugel
für Einladungen in Vineta-Schrift,
man liest Pflanzen und Tiere, keine Worte.

Der Herr dort mit der Budapester Fliege
ist Artamon Szücs, unser Krokodildompteur.
Mutawakkel, sein gelbes Krokodil, frißt am liebsten
Lotoskremtorte und Armen Ritter. Kommen Sie.
Es ist schon etwas kurzsichtig.

An den ungeraden Tagen ist die Sterndeuterin bei uns.
Sie hat eine Teilzeitstelle im Serapionstheater.
Sehen Sie die Langwellen auf ihrem Dampfradio?
Sie spricht gerade mit der Wiedehopf-Galaxie.

Es ist kalt draußen, gehen wir zu mir.
Hier ist meine Kajüte. Sie ist eng, wie Sie sehen,
aber sie schwimmt. Ich brauche nicht viel. Eine Koje,
einen Spind, einen Seesack. Täglich eine warme Mahlzeit.
Darf ich bekannt machen? Käpt'n Bunte, Nationalität: Schimpanse.
Der zeitunglesende gefiederte Herr ist Professor Hyazinth,
mein Ara. Er spricht Latein und schweigt in siebzehn Sprachen.
Ein Gläschen Likör gefällig? Das wärmt. Schauen Sie sich nur um.
Die Fotografien … Auch ich brauche Fenster zum Träumen.
Meine Eltern. Meine Verwandten. Alte Kollegen.
Ich war früher in einem Büro. Ich habe sie irgendwann
weggeworfen, all die kopfschüttelnden Briefe
und umgekehrten Magneten. Sie sprechen mit einem,
den nur Kinder und Zauberer lieben.

Wir sind sehr reich. Wir besitzen kostbare Dinge.
Das Lächeln der Menschen, die uns besuchen.
Das Flügelonium. Es heißt so, weil es fliegen wollte.
Es ist aus einem Bassetthorn, Tulpentrompeten,
einem Kontrafagott, zwei grünen Violinen, Becken,
Triangel, Pauke und einer Zwölfsaitenharfe gebaut,
die über diesen Gelenksbesenstiel hier von Gummifingern
gezupft wird. Die Violinen spiele ich mit dem Fuß
und mit der rechten Hand. Als Antrieb dient
ein Blasebalg und diese Kurbel. Wenn ich drehe,
erklingt Musik, die Schmetterlinge lacht.
Das dritte ist eine Gabe
von Debureau, dem großen Pantomimen.
Die Grenzlinie zwischen zwei Blumen.
Das vierte liegt in der Manege.
Ein kleines, blaues
Bruchstück in der Schwerkraft.

Rätin Wrangel, Richterin am Schloßgericht

Vielleicht wissen Sie, wer über das Folgende befindet.
Ich habe es als Zirkular herausgegeben.

Entwurf zu einer Reform der Schloß-Justiz
§ 1) An den wichtigsten Positionen des Schlosses
müssen Automaten arbeiten. Nur so entstehen
Rahmenbedingungen für Harmonie.

§ 2) Der Schiffahrts-Paragraph wird abgeschafft.

§ 3) Akten werden handschriftlich geschrieben.

§ 4) In die Mitte unserer gläsernen Korridore
wird eine große Vergleichbarkeitsmaschine gestellt.
Daneben liegt ein Katalog der Dinge und Erscheinungen.
Alles hat einen auf dem freien Markt ermittelten Preis.
Die Preise werden miteinander verrechnet. Preisveränderungen
werden erst nach einer bestimmten Frist in die Rechnung
einbezogen.

§ 5) Fristdauer und Marktkontrolle unterliegen einer Kontrollmaschine.

§ 6) Der Zutritt zur Vergleichbarkeits- und zur Kontrollmaschine wird
nur nach Lesung und Speicherung des Daumenabdruckes gewährt.
Hinter Spiegelglasscheiben kontrollieren zusätzlich jeweils
drei Personen die Vorgänge an den Maschinen. Sie können sich
gegenseitig nicht sehen und führen Protokoll.

§ 7) Am Anfang eines Verfahrens wird ein Eich-Protokoll

von beiden Maschinen ausgedruckt. Jedem Fall ist eine Kopie
der Eich-Protokolle beider Maschinen beizulegen. Diese
wird von zwei Notaren gegengezeichnet.

§ 8) In Verfahren, die trotz allem strittig bleiben,
hat das oberste Richtergremium das endgültige Wort.

§ 9) Grundlage des Strafkatalogs ist der Katalog der Dinge
und Erscheinungen. Mit Hilfe einer Strafmaßtabelle
wird jedem Vergehen die genau zukommende Strafe berechnet.
Mildernde Umstände werden gesondert kalkuliert.

§ 10) Jede Kritik an der Reform wird vermerkt und einer Kommission
zur Optimierung der Reform übergeben. Das Optimierungsverfahren
besteht in einem Disput zwischen drei Befürwortern und drei
Gegnern, der in einem Spiegelglassaal geführt und auf die heimischen
Fernsehschirme übertragen wird. Per Knopfdruck kann von zu Hause
mit *Ja* oder *Nein* zu jedem Diskussionspunkt gestimmt werden.
Das Resultat wird mit einem Relativierungsfaktor multipliziert,
der (nach Wahrscheinlichkeitsrechnungen) a) in größter Näherung,
b) die möglichen, c) Interessen der Mitgeschöpfe und d) die
kurz-, mittel- und langfristigen Auswirkungen auf die Entwicklung
der Umwelt angibt.

§ 11) Sprach- und Rechtswissenschaftler, Staatsanwälte,
Ingenieure, Philosophen, Schachspieler, Mathematiker,
Kriminal- und Horrorschriftsteller, an der Ehre gepackte
Verbrecher, Uhrmacher, Hausfrauen, Putzfrauen und Kinder
konstruieren die beiden Maschinen.

§ 12) Bei der Katalogisierung des Menschlichen

erstellt die Arbeitsgruppe von § 11 ein Programm
aller irgend denkbaren Verhaltensweisen und Situationen.

§ 13) Der blaue Paragraph.
Nur dem obersten Richtergremium zugänglich.
Regelt die Verfahrensweise, wenn das Ziel erreicht ist.

Komtur Lilienstein,
Sekretär der Naturforschenden Gesellschaft

Jener nie endende Traum, der träumt.
Seine Wahrheiten schreibt er sich selbst.
Jener Abstand zu einer Blume,
der ihre Ordnung zeigt.

Das Museum gleicht einer Taucherglocke
und wurde in einem versunkenen Palast eingerichtet.
Die Tür schließt sich. Das Geräusch
schwappt wie ein ausgegossenes Bad durch die Hallen,
zerfällt zu Gischt. Was zeitlich war, erlischt.
Die Stille senkt ein Stethoskop in die Finsternis,
empfindlich für eine sinkende Wimper, die Tarnung
in Statuen, leiseste fremde Hypnosen.

Dann passiert etwas, wie wenn jemand plötzlich
den Kopf hebt. Ich kann es spüren, ich bin ganz in
meiner inneren, glühenden Sonde konzentriert.
Augenlider blättern auf, Phosphor im Meergrün.
Ich kann meinen Rundgang beginnen.
Schlaflos durchwandere ich nachts
die Säle meines Reichs.

Das Meer atmet um diese Zeit, preßt die Mauern
im Schraubstock seiner Arme. Die Bullaugenfenster
liegen wie Saugnäpfe. Hin und wieder taumeln
Sauerstoffkugeln empor wie losgelassene, noch
benommene Beute. Die Belüftungsrohre, erforschte
Reißverschlüsse, lassen nichts erkennen.

Ich halte den Atem an, als erwartete ich, daß
ein Wollknäuel plötzlich auf den Boden rollt.

Erinnerungen, an deren Oberfläche man
mit dunklen Blicken tastet, das verborgene
Streichholz reibend, das die Stichflamme
Sehen enthält. Ich warte und lausche.
Es ist keine Stille. Es ist Schweigen.

Ich bin wach wie jemand, der sich in ein Wagnis begibt.
Der Mikroskopsaal. Spiegel, gefüllt mit den Lügen des Lichts.
Räume, in Kristalle zurückgezogen, werden
das Siegel ihrer Schrift brechen und wieder wachsen,
sobald ich mich entferne. Membranen, befangen
in Osmose, Muscheln, Reste des Schaums,
nur die Form blieb, die Gestalt gewordene Zeit.
Medusen scheinen zu pulsen, lautlose Systole
der Wasserkammern und Korallenadern, sind aber
stehengeblieben, erblindet im Pendel, das nie
zurückschwang. Die Hand des Zeichners gefror.
Haeckels Tafelwerke. Strahlinge. Urnensterne. Diatomeen.
Der Reichtum Borneos in kühlen Linien.

Ich gehe durch den Saal der Adler.
Es ist zu spät für ihre Flügel.
Die Erde darunter bestellten niedere Tiere:
flächenbildend, Verwalter, Feinde der Herrschaft.
Hier ist ihr Walhall, sie schlafen, versteinerte Könige.
Aus ihren Augen habe ich den Herzschlag genommen
und verwahre ihn für den Tag, an dem der Rost zurückkehrt
in die Demokratien.

Vitrinen. Grüne Sarkophage, Strandgut
aus dem großen Buch der Jagd.
Ich bleibe wieder stehen. Das Tritonshorn
hat die Stunde gerufen, in der langsame,
kaum merkliche Schwimmbewegungen beginnen.
Argus hat hundert Augen, aber nur einen Gedanken.
Bald wird er sich lösen vom Museum
und im Rauch der Riesenkalmare verschwinden,
an den Kronleuchtern vorbei, den Götterfiguren,
algenumwebt von der Spindel des Schlafs.

Ich gehe die Korridore entlang, durch die Säle,
wo Tiere, Pflanzen, Minerale Facetten
eines einzigen blauen Steins sind und Humboldts Schüler
auf mich warten, ratlos und staunend wie ich,
daß Antworten nichts erklären, und Frage
die Frage gebiert, etwas die Wellenringe
im Baum fließen läßt, etwas so Seltsames
wie unser Blick, dem die Dinge größer werden,
je mehr wir uns nähern, größer
und undurchsichtiger.

Falter, die aus der Heimat der Farben erscheinen,
unsere nächtlichen Augen zu verletzen für immer.
Auf einer leeren Seite öffnet das Wunder seine Flügel,
ist Form und Grenze unseren Sinnen,
ruft uns zu: komm zurück.
Wunder, daß das Herz von Adern weiß, vom Körper,
der Embryo von einer Sprache draußen,
die zum Auge sagt: werde, zur Hand: werde,
zum Kristall im Winter: bereite das Blatt vor, die Frucht,

zum Sonnenstrahl: sei Landzunge.
Wir stehen ausgesetzt und breiten die Arme,
die sich bäumende Woge zu bestehen,
und aus der vorüberschäumenden Flut Tropfen
des Sinns festzuhalten,
bevor sie zurückströmt und uns
mit sich nimmt.

Sobeïde Kuckuck, Primadonna des Serapionstheaters

Auf der Tradition stehen!
Nicht herumtrampeln.
Die die Über-Lieferung mit Füßen treten,
tun dies meist von unten.

Schauen Sie den Leuten in die Träume, Regisseur,
nicht in die Zeitung. Flamand und Olivier erscheinen
mit dem neuesten Strauss dramatischer Gaben.
Dort schnarcht La Roche, der Prinzipal. (Bei sanfter Musik
schläft sich's am besten.) – Was haben Sie? erschrickt er.
Ich ahne es. Ein Stück mit Diplom! La Roche winkt ab.
Je preiser gekrönt, desto durcher es fällt.
Gib uns lebendige Menschen, keine wandelnden Thesen,
und Autogramme bitte nur
als Partitur.

Musik ist eine Wiener Erfindung,
sagt Monsieur Papillon. Verfolgen Sie
den Bach. Ist er auch tief, dort
wird er zur blauen Donau. Der Spruch
führt zu Händeln, ich weiß. Aber wer wagnert,
gewinnt. Und heute? Die moderne Musik,
sagt Lutosławski, ist auf der Festtafel der Kunst
der Senf. Er aber träume davon,
das Beefsteak zu sein. Die Librettisten?
Manche scheitern fort von Tag zu Tag.

Was gestrichen ist, kann nicht durchfallen,
sagen die Dramaturgen.

Wie es gedacht war, sagen die Kostüme.
Wenn du eine Schein-Welt willst,
mußt du an die Börse gehen!
steht auf der Rückseite des Schilds
an der Tür beim Zauberer.

Singe, Sänger …
Was Gesang ist, entscheiden die Frösche.
Singe, Sänger,
Musik ist unsichtbar, ist sie verklungen.
Singe, Sänger:
Dort, im Augenblick, lebst du.

Oper … Seelen in der Bel-Etage, die Parteien
Gunst und Haß, im Staccato Liebe flüstern,
im Legato Dolche zücken, Tränen,
wenn Mimi im Sterben liegt, Rührung,
wenn die Marschallin zum Spiegel greift,
jeden Tag ist Uraufführung, hebt die Kassiererin
den Blick vom Liebesroman, kurz
vor dem hohen C, der blauen
Bleistiftspitze der Gefühle.

Ich gleite durch die Dinge und Figuren,
abstreifen will ich sie, die Zeit.

Bühne, Bühne! Dieses Bedürfnis, anwesend zu sein,
ein Narr, wer hier nicht träumt.
Und wenn die Uhr des alten Prinzipals
Taminos Stunde schlägt und Octavians,
dann wird im Rund der Atem leiser,

die Lampen fiebern, Wahrheit
wird Musik.

Wir leiden in den höchsten Tönen
und möglichst populär, in der Ekstase
ist Zeit für einen Blick zum Beleuchter,
Mythos ist gut; aber wo bleibt das Ballett?
Wer sich Illusionen macht, übersieht das Lebendigste,
und auch im Chor
kommt einiges vor.

Die Begleiter sollten bei bestimmten Liedern
bitte keine Pfefferminzakkorde spielen.

Nachts, wenn der Applaus verrauscht ist,
gehe ich durch das Theater, sehe den Schatten
beim Tanzen zu, die der Leuchtturm
durch die Fenster streut. Waldhorn,
Celli, Glockenspiele … eine silberne Rose
liegt vergessen in der Garderobe
unter dem Mantelschwung der Zeit.

Madeleine, Don Giovanni, Faust –
eine Zeitlang bewohnen sie uns,
die Figuren. Dann werden sie blasser,
beginnen über ihre Wohnung nachzudenken
und verlassen uns. Gern an schönen Tagen.

Anna Flamand, geb. Federspiel,
Sachbearbeiterin in der Stadtverwaltung
(Abt. Wohnungswesen); und Ehemann

Feuertupfenmohr, mein Mann, ist Opernkomponist.
Ob er Erfolg hat, wollen Sie wissen? Er schreibt und schreibt,
aber nur die Spatzen pfeifen seine Lieder. Ich liebe ihn sehr.
Wenn er Klavier spielt, kommen die Vögel.

Ich habe nur einen einfachen Beruf. Menschen
begegnen mir trotzdem viele. Z. B. müssen
auch Revolutionäre wohnen. Wer aber die Revolution
planen muß, kann keine Umzugskisten schleppen.
Darum kümmern sich die Geliebten, und um den Scheck
bei der Spedition die vorstandsvorsitzenden Väter.
Wollen auch Sie sich für eine Wohnung bei uns eintragen?
Die Warteliste ist lang! Die Wohnungsnot hier ist groß.
Es ist das Wasser, das an unseren Häusern schleift.

Ich muß immer so früh aufstehen! Beim Kaffee schaue ich
über den Sund, zum Leuchtturm, höre meine Lieblingssendung
im Radio, die Briefe des Archivars vom Hafen-Rundfunk.
Zu dieser Stunde ist das Licht eine gläserne Truhe
und das Meer eine gefrorene Stimmgabel. Die Wintersonne
öffnet ihr blasses Haar.

Gegen sieben Uhr steckt man im dicksten Gondelstau.
Bei Acqua alta gibt es einen Pendeldienst für unser Viertel.
Der Zackenbarsch fährt, Rittmeister von Schwerthgeburths
gelbes U-Boot. Doktor Larrios beginnt seine Morgenvisiten,
und Kommissar Jensen meint, so aus anderer Perspektive

stecke unsere Welt doch voller Überraschungen. Aus der Nähe
auch, meint Herr Mifune. Manchmal sieht man Admiral Krusenstern
und seinen Freund Burton mit ihren Fernrohren Ausschau halten.

Ohne Feuertupfenmohr könnte ich nicht leben.
Aber er auch nicht ohne mich! Kennengelernt haben wir uns
auf einer Party bei meiner Schwester. Libussa und ich
haben seither nicht mehr so guten Kontakt.
Am nächsten Morgen hat er mir einen Liebesbrief geschrieben:

Ein blauer Vogel saß in den Zweigen
von Mozarts Klavier.
Mein Sofa treibt im Frühling.

Wenn wir uns lieben, legt Witwe Bosco ihr Hörrohr an die Wand,
und Ritter Schattenherz, Bratschist in der Serapionskapelle,
grüßt uns am nächsten Morgen mit einem Augenzwinkern.
Ich küsse wild, leidenschaftlich und gern! Und wenn die Kapelle
zum Silvesterball Walzer aus der *Rosenmaus*
und dem *Flederkavalier* spielt, zertanze ich alle meine Schuhe!
Ich liebe das Leben! Nur manchmal bin ich traurig.
Es gibt so viel Dunkelheit draußen,
und die Zeit ist nicht mehr gut.
Die Zeit, die Zeit! In der Nacht
fürchte ich mich vor ihr. Manchmal höre ich,
wie die Uhren schlagen, sehe Schatten
an der Wand, und mein Mann geht auf und ab.
Sekunden ticken, huschen, keine kommt wieder …
Morgen wird Abend, Woche wird Jahr – lautlos,
wie die Spinne webt.

Verzeihen Sie, ich bin ganz melancholisch geworden.
Wir sind arm, und niemand weiß, was werden wird.
Manchmal ist die Unsicherheit kaum zu ertragen.
Ich sorge für drei! Und Feuertupfenmohr ist so blauäugig.
Er will nur ein wenig Freude bereiten.
Mehr Heiterkeit, mehr Licht! sagt er. Meist
erntet er Gelächter. Was Sie komponieren,
schweige ich höchstpersönlich tot, lächelt der Kritiker,
denn Liebe gibt es doch gar nicht.
Sophie, unser Töchterchen, hat Mohrles blaue Augen,
und es wundert mich, dieses Überdauern des Blicks.

– Psst, warten Sie! Hier. Aber zeigen Sie es nicht meiner Frau!

Musen-Portrait, Schnappschuß mit Fußnote

Da siehst du es! Wie weit du mich schon geknechtet hast!
sagt meine Frau. Zugegeben, ich habe in letzter Zeit zu oft
nachts am Computer Musik aus meiner neuesten Oper eingetippt.
Anna ist wach geworden vom Rumpeln des Druckers.
Unmöglicher Kerl, sagt sie, ins Kissen lächelnd,
wenn ich ihr alles brandheiß vorgespielt habe.

Von meinen Libretti mag sie am wenigsten
die ungeschriebenen langen, philosophischen.
Dieses, das ich hier schreibe,
mag sie auch nicht. Sie sagt, daß sie viel netter
und hübscher sei, als ich hier behaupte.

Ich wisse gar nicht, was ich an ihr hätte,
meint sie, gewaltig gähnend.* Ich lese ihr
das bisher Geschriebene vor, sie will es zerreißen,
weil ich alles, was sie sage, gegen sie verwendete,
beharrt meine Frau. Drei Dinge verträgt sie nicht:
Hungeräste, Entzug von Schlaf und das Fehlen
des dritten, dessen Erfüllung zum Wohlbefinden beiträgt.
Da mußt du dich ermannen, Musikus! Sonst wirft sie mit Töpfen,
und das ist nicht gut für den Neigungswinkel
des Haussegens.

Alles muß geändert werden! sagt sie lächelnd,
als ich das kleine Portrait bis hierhin vorgelesen habe.
Vor allem die Stelle mit den Preiselbeeren,
die in ihrem Gemüt gar nicht vorkommen.
Und überhaupt sei all das gar nicht druckreif.

(* *gewaltig gähnend* solle ich streichen,
verlangt Anna. Und keinesfalls werde sie
einer Veröffentlichung zustimmen!)

– Gute Reise!
Und danke, daß Sie sich Zeit für uns genommen haben.

Verehrte Anwesende, ich begrüße Sie zu den Ringvorlesungen
unseres Blauen Ordens. Die heutige Vorlesung hält Kollege:
Tulp, Anatom an der Universität

– Danke, Herr Komtur. Das erste Diapositiv, bitte.

Anatomia: clavis et clavus medicinae
steht über dem Eingang des Theaters. Leben
ist nicht anschauen, sagte Alverdes, mein Lehrer
an der Leipziger Schule für Anatomie.

Nachts, in den Katakomben, spärlich erleuchtet von Neonröhren,
sehe ich das Rigorosum des Menschen vor der Zeit.
Noch keiner ist mit heiler Haut davongekommen.

Das Ja in den Erscheinungen, fast
aus ihren Fingern fortgerissen.
Hier treffe ich sie, die oben spielten,
die Makler der Träume, Bruder Leichtsinn, den Saufaus,
den Kollegen. Vielleicht auch einmal Sie?
Wer weiß. Das Mädchen, das in der Greisin
zurückkehrt, seltsam hell in ihrer Ruhe, gelöst
vom Schatten Wehmut um den runzligen Mund –
daß sie ihn damals nicht küßte? Und nichts
bringt ihn zurück, den Augenblick?

Nächstes Diapositiv, bitte.

In den Präpariersälen dämmern die Gefrierschnitte,
Auge, das einst ansah, zerblättert; geschält
von Mikrotomen. Es ist ein einfaches Organ.

Die Pupille ist rund wie die Welt.
Lächeln: Im Paraffinblock liegt es geronnen
aus der Schmelze der Tage. Was sprach jenes Hirn?
Worte wie die Spur des Vogels in der Luft, geheimnisvoll
erschienen wie Eisblumen am Fenster, das Grün
der Bäume im Frühling?

Ich lese den Wahlspruch unseres Ordens:
Den Augenblick gib für die Dauer,
die Maske für das Sein.
Jene Hand dort wies einst nach Osten,
ins innere Indien, nach Trapezunt und Smyrna,
eine Fahne war, was blieb vom Heer, Sagen
vom Geschichtsschreiber Ich, unzerstörbar
wie Staub. Ich sehe den blind gewordenen Blick,
den nackten Leib,
die loslassende Hand. Etwas sich Näherndes
im Gesicht, Todesangst.

Nächstes Diapositiv, bitte.

Der Sitz des Gewissens ist unbekannt.
Durch Sondern leben wir, durch Vereinigen sind wir.
Ich suche Antwort im Innern des Körpers.
Durch die Bereitschaft zu sterben, entschlossener.
Hic gaudet mors succurrere vitae.

Vielen Dank für Ihre Aufmerksamkeit.

Dr.-Ing. Penelope, Baumeisterin in der Hafen-City

(Was tust du, frage ich jene im Spiegel –
Ich webe am Himmelblau
            Od. Nautílos)

Eine schwebende Stadt

Linien
ein Blütenzweig

Klarheit.

(**Anonymes Schriftstück im Briefkasten.**
Der Architektur-Doktor. *Zieht nachts mit einem Holzkoffer los*
und hackt die geraden Linien der Häuser ab. Steigt
mit Gummisaugnäpfen an den Wänden hoch. Bemalt
die Fenster. Nagelt Bretter vor die der Politiker.
Veranstaltet Brennessel-Happenings. Verfasser
des Verschimmelungs-Manifests.)

Vorderseite:

Sie sind den Architekten auf den Leim gegangen!
Lobbyisten des rechten Winkels, Bauverbrecher,
Seelenglaser!

Rückseite:

Aufruf an die Bewohner

Die Zeit ist gekommen.
Die Zeit der Beaufsichtigung ist vorbei.
Die Zeit des Wartens auf das Paradies ist vorbei.
Die Zeit des unfruchtbaren Redens ist vorbei.
Die Zeit des Tuns ist da.

Ich gebe die Häuser den Menschen zurück.
Nicht nur zum Schein, sondern wirklich.
Es ist ab jetzt Recht und Pflicht jedes Bewohners
von gefängnisgleichen glatten Schachteln,
diese eigenhändig umzuformen.
Außen und innen, genau dort, wo er wohnt.
Ohne Bevormundung.

Er beginnt damit, seine weiße Einheitstür zum Gang,
seine weißen Einheitsfensterrahmen zu streichen,
Blau in Blau oder wie er es liebt. Besonders außen,
damit er sein Fenster erkennen kann,
wenn er müde nach Hause kommt.
Mischt Jugendstil und Barock, die Apartheid
der Fensterrassen muß aufhören!

Wehe, wenn eine Behörde,
wehe, wenn ein Gesetz oder irgendwas
ihm das verbieten, was selbstverständlich ist.
Wehe den Architekten!
Es ist die Pflicht jedes Architekten, das
Totale Individuelle Bauveränderungs-Recht
für die Bewohner des Hauses,
das er gerade baut oder gebaut hat,
zu fordern und zu erwirken!
Sonst wird ihm das Gewissen keine Ruhe lassen!

Vampire vertreibt man mit Knoblauch und Kruzifix,
Architekten mit Gartenzwergen!

Kardinal Ussher, Domprälat

Er, der eine Klinke für Körper besitzt,
eintritt und austritt nach Belieben.
Er, der manchmal noch den Pinsel Rembrandts führt
und die Rasierklingenlinie
weitermalt mit ebenso sicherer Hand.
Er, der Türen in die Zeit zeichnet und aus
der Brunnenschale, die wir Gegenwart nennen,
gelassen in eine andere schmilzt.
Er, der in die Wirklichkeit eine Prise
fremder Physik streut, wenn es ihm beliebt.
Er, der in einem Komma wohnt.

Ich bin ein Fließen, ich bin eine Linie.
Im Winter ankert das Schiff, im Spiegel
des Himmels. Eine Rose
leuchtet im Maschinenraum.
Wie sollst du bestehen?

Zeit griff nach dem Garten,
bog seine Farben behutsam,
faltete sie in ein blaues Kuvert.
Zurück blieb Dunkel,
eine abgebrochene Hand, steinern
erst auf den zweiten Blick.

In der Frühe
schwimmen blankgewaschene Sterne in der Kirche.
Diese brausende Stille, Eiszapfen-Fugen!
Die ersten offenen Augen eines großen,
schlaftrunkenen Lichts.

Musik … Du erscheinst, du bist,
du vergehst. Töne nennen deinen Namen,
bist du Mund, bist du Sonnenstrahl,
der die Dinge weist? In der Klarheit Bachs
erkenne ich dich, im Lächeln Mozarts,
der Heimat Morgenrot. Musik!
Dein Spiegel, deine Gnade.
Ich lausche. Melodien, die sich öffnen
wie Türen in einem langen dunklen Flur.

Tage des Brotes, der Nähmaschine, des Hauses.
Ich klingelte an einer Tür und trat nach draußen.
Die Spuren im Wasser, die blieben, als es plötzlich gefror.
Ich folgte und sah Schatten, die von den Füßen
geschnitten waren.
Eine weiße und eine schwarze Hand erschienen,
Wind verlor Schrift.

Es ist Geheimnis. Will ich es
verlieren, bleibt es,
suche ich es, wird es unsichtbar,
trete ich vor den Spiegel, bin ich
es nicht.

Traum, der nicht Ufer ist, nicht Brandung,
Traum, der die Uhren reicht
für die Tage.

Dagobert Duck II., Finanzminister am Schloß

– Delamare! Geld ist Zeit! Was gibt's heute?

– Forderungen, Exzellenz, wie üblich. Majoritäten, Minoritäten,
Prioritäten, Kalamitäten und Diäten. Der Verteidigungsminister –

– Abgelehnt. Die Stadt schwimmt trotzdem noch!

– Mit Verlaub, Exzellenz, er schreibt, daß er Ihre harte Haltung
in der Schwimmpanzerfrage kenne, aber nur ein bewaffneter Friede –

– Delamare. Haben Sie den Krater gesehen, den einer seiner
Wildwestkanoniere in die Schloßbrücke geschossen hat.

– Der Minister für Kulturelles läßt anfragen,
ob das neue Festivalprojekt –

– Abgelehnt. Ich kenne diese Künstler. Zu klug zum Arbeiten,
nur mit Unsichtbarem beschäftigt, und alle links!

– Die Zentralkanzlei wünscht eine Aufstockung des Schriftverkehr-Etats

– Fünf Prozent genehmigt.

– um zehn Prozent. Die Kanzlei braucht dringend
neue Bürocomputer, schreibt Sortini.

– Dringend, dringend! Das sagen alle. Auch um meinen Puls
liegt eine Uhr. Fünf Prozent. Soll er den Papierkrieg
konservativ führen. Wo streichen wir die?

– Aktion Regenbogen –

– Aktion was?

– Bemalung/Verschönerung der städtischen Müllverbrennungsanlage.

– Und wer malt?

– ABM-Kräfte, Exzellenz.

– Das läuft über das Ressort des Arbeitsministers. Kostet uns nichts.
Weiter.

– Kanalisation, öffentliche Zuschüsse zum Fußballstadion,
Deichprojekt, Modernisierung der Polizei-Motorbootflotte,
Zuwanderer-Integrierungsfonds, öffentliche Gehälter –

– Öffentliche Gehälter nicht.
Wer will es sich denn mit den Gewerkschaften verderben.
Alles, was Sie streichen, wird gegen Sie verwendet.
Und die Wiederwahl ist die schönste aller Wahlen.
Merken Sie sich das.
– Hotelwesen.
– Delamare! Haben Sie vergessen, wovon wir leben?
– Tourismus, Exzellenz, Tourismus. Die Hotellerie
ist unser größter Steuerzahler.
– Und da unterbreiten Sie mir solch einen hirnrissigen Vorschlag?
Lassen Sie sich etwas Originelleres einfallen!
– Wenn ich mir eine Bemerkung erlauben darf, Exzellenz.
Die schwächste Lobby hat der Theaterverbund.
– Na bitte! Genehmigt! Mit leerem Bauch singt es sich besser.
Weiter. Was ist das? Antrag auf Förderung, Herr von Münchhausen?
Womit man heutzutage belästigt wird! Zum Geschäftsführer
des Kuratoriums damit. Vermerk: wie üblich, Signatur etc. pp.
(*Die Sekretärin kommt.*) – Was gibt's, Fräulein Emsig?
– Die Notenbankchefs, Exzellenz.
Die Blue-Note-Konferenz. Neun Uhr.
– Gut. Delamare, Sie kümmern sich um die Kompanie
wildgewordener Telefone dort. Dann um den Stoß Blaupausen
auf meinem Schreibtisch. – Was gibt's noch, Fräulein Emsig?
Jemand hat uns zugehört? Wir sind doch gute Demokraten.
Aber geben Sie zu verstehen, das sei nur der offizielle Teil
der Beschreibung des Jobs.

H. Mifune, Techniker im Arsenal

Querdenker braucht es zum Brückenbau.
Denn die Wirklichkeit steht mit beiden Beinen im Traum.
Freilich, etwas auf die Beine zu stellen heißt noch nicht,
daß es auch laufen kann.

Ich weiß, wir gelten als nüchterne Gilde.
Legen Fadenzähler auf die Algebra der Nebel. Aber
auch uns küßt die Muse. Ob in den Maßen
90-60-90 …? Sie läßt sich nur ungern vermessen.
Immerhin ist π eine transzendente reelle Zahl
und die 0 nicht nur Knopfloch in den Beschlüssen des Fortschritts,
sondern auch Nadelöhr für so manches Kamel.

Das Arsenal ist eine Große Maschine, die sich immer
weiter verzweigt. Je größer und komplexer eine Maschine,
desto mehr Verbindungen gibt es zwischen ihren einzelnen Teilen;
je weniger man diese Verbindungen kennt, desto mehrdeutiger
wird unser Urteil sein, sagt Vaucanson. Seine mechanische Ente
watschelt nun bleifrei, mit Katalysator,
und hat einen Auspuff am Bürzel,
der auch beim Gründeln von Nutzen ist.

Legende: Kiel, der die Spur schreibt, Steuerruder,
Takelage, Masten, denn Dir untertan sind die Winde.
Anker, denn Dein ist die Rettung.
Laderäume. Toiletten für Mannschaft und Offiziere.
Kajüten, denn Du gibst die Wohnung.
Uhr, Karte und Kompaß.
Navigation. Denn Du bist das Ziel.

Inventar? Schiffsschrauben, Büchsenöffner, Kugeln
für Kugelschreiber. Kein einfaches Problem.
Wie Tinte und Schreiben zusammenhängen, verstehen wir
noch immer nicht genau. Vielleicht mit der Zeit.
Unsere Winterwasseruhren mahlen und schlafen,
denn die Zeit ist aus Zeiten gebaut, aus Uhren die Uhr.
Drei Orte, wo Sanduhren maßen: Studierzimmer, Kanzel, Schiff.
Humanistenzeit. Schauen Sie, hier. *Erasmi bleyern*
Sand-Ührlein von Ebenholz in einem Futter.
Der deutsche Uhrensand aus Dresden.
Wie spät es ist, sagte der Bauch.

Verbindungen: Nehmen wir die Schraube.
Steckt überall in unserer Geschichte
wie das Sein im Schein, hält
unsere Häuser, entliehen dem Wasser,
die Badewanne, in der Archimedes Heureka! ruft.
Schraube, Gewinde und Mutter, ein lösbares
Problem.

Schon die Sonnenuhr weist auf die kürzeren Tage.
Nürnberger Ei. Dann der Nürnberger Trichter.
Übrigens ausleihbar, mit Vormerkung. Dieses Instrument
büßt an Beliebtheit nicht ein.
Die Erfindung der Sekunde: in ein Zahnrad graviert, eine tickende
Mechanik, die Uhr erhält ein Schwingsystem: Pendel und Unruh,
Federhaus, Aufzugskrone, Tourbillon. Hemmung ist notwendig.
Wie spät es ist, sagte das Ziffernblatt.

Dinge entwickeln sich, indem sie passieren.
Die Schärfung der Schatten gelang mit Fernrohr

und Mikroskop, Blick in den Setzkasten der Schöpfung.
Anschauung und Betrachtung zerbrachen am Blickwinkel,
Haarriß im Gebäude der Optik.

Der einfache Schaltplan wuchert,
Ranken klettern, treiben tropische Früchte.
Wenn wir immer nur reduzieren, haben wir am Ende
nur noch Küchenschaben. Aber die Uhr macht Fortschritte.
Sonnen- und Mondphasen, Schleppzeiger, und immer mehr
kommt es darauf an, 60 gleiche Teile des Zeitkreises
tatsächlich gleich werden zu lassen. Es ist
der Webfehler, der nicht aus dem Sinn will.

Und das Schiff?
Sein Kurs durchkreuzt von Sternen und Fragen.
Teurer als Gold ist das reinste Ultramarin.

Münchhausens Tagebuch

Wasser sucht den tausendäugigen Dschinn, reibt
unablässig die Stadt in ein unvollständiges Exil,
verwechselt die Algen der Kais mit dem Grünspan
einer Messinglampe, die durchsichtig gehißten Masken
der Fenster mit dem, was man wissen kann. Häuser, die warten,
als hätten sie Fieberthermometer unter den Achseln, Oblomows
Diwan in einer Flucht von zitterndem Licht.
Psst! sagt ein Zeigefinger und blättert Melodien um,
die Abtastnadel schneidet ein Labyrinth
um eine Wasserwaage, und darin ein Wort:
für immer. Wir werden es wiedererkennen, wenn es sich
in einen auffliegenden Vogel verwandelt. Sepiazungen
bewegen sich mit den Gezeiten, flüstern die Boote heran,
frühmorgens, wenn die Glühbirnen einen Wald gelber Katzenaugen
in der Dunkelheit erscheinen lassen, von Müdigkeit und
Nebel umkittet, frühmorgens, wenn wir nicht gern geboren sind,
nackt in der Ankunft auf einem zugigen Bahnsteig,
aus dem Schlaf geschnitten vom frostigen Messer des Weckers,
und die Gepäckstücke der Seele uns nur zögernd folgen, angezogen
vom roten Herz der Teekanne, das leise pocht und dampft.

Canal Grande: der Saumtierzug von Osten, die sandfarbenen
Dromedare schwanken in den Wellen, wo Calders silberner
Betthimmel treibt, eine Chrysanthemenharfe, versunkene
Schuhlöffel helfen ihr in Wiegenlieder. Stolzes Fragezeichen,
das die Kreuzblumen der Palazzi bewässert.
Im Seguso frühstückt der Morgen
die Schatten-Kompotte, schöpft Wände und Betten,
die das Zimmermädchen klopft, zärtlich beinahe, als wüßte sie,

daß die Tauben lauschen, draußen, mit nickenden Hälsen
dem Flaumfederbeat folgen. Sie lächelt, vielleicht
denkt sie an eine zuckersüße Ladung Schrot?
Wo sich die Flure treffen, morsen Spiegel die schwappenden
Grüße von der Giudecca zurück, die Holztreppen rekeln
ihre Brustkästen zurecht, knarren lauter als Schiffsplanken
auf großer Fahrt. Die Zeitungen berichten von Kriegen.

Hier schwimmen die Uhren, die Namen, das letzte Hemd
in die Kammern ihres Schlafs, wie Zugbrücken murren
die Fassaden sich ihr *Buona notte* zu, der Himmel
schminkt mit Perlmuttfingern Lidschatten
über den Fenstern ab. Muscheln schließen sich.
Über den Kanälen bauschen sich Breitwände Kino,
O sole mio!-Tonspur, hier wird das Rot
abends geboren, wenn die Greife erscheinen, Echos
in den Umriß einer Karavelle münden,
mit Theaterblut kalfatert, scharflinig wie ein Scherenschnitt –
die Geräusche trocknen, dann umgibt uns
ein Fernrohr aus Stille. Treppen räufeln sich auf, schweigen
vom Steineichenwald unten, von Montgolfières
aus Plastiktüten, die nach Malamocco tuckern.
Der Mond ist ein Stethoskop, hört den Kiemenbaum ab,
das algengrüne Herz der Stadt, das mit den Gezeiten klopft
und keucht, bunt geflickt mit Wimpeln und Frauenlachen.
Was bleibt, ist hier lange schon gegangen.

Meer-Byzanz. Die grüne Schallplatte dreht leer
unter den Abtastarmen der Brücken. Ebbe und Flut
stellen ihre Schachuhr, rollen Orientteppiche auf, lassen sie
weiterweben von den Segeln auf der Lagune. Das Seemannsgarn

ist meerblau hier. Am Horizont erscheint die Bleistiftskizze
von Klees Zaubergarten, *Tempus fugit*, schreiben die Oktopusarme
des flüssigen Ziffernblatts, die tausendfingrigen Zeiger wurzeln tief
in den Mauern. Wir lauschen mit den Augen. Abends
werden die Stimmen leichter, abends schwimmen
die Laternen aus der Zeit, der Wind ist eine flatternde
Stoffbahn, verschluckt von den Schubladen in den Kajüten
des morschen Seelenverkäufers, seine Stuckmasten ächzen
unter der Last der einen neuen Wäscheleine.

Winter: Die Häuser sind mit silbernen Flügelschrauben
im Wasser versenkt. Die Stadt reist mit dem Blick
tanzender Flaschenpost nach, jemand schrieb heimwärts,
in eine Ferne, die sich im Innern befindet, Levante, das Meer
hat die Linien zu Melodien geschliffen. In der Tortuga-Bar
murmeln die Freibeuter verlorene Schätze herbei, Drakes Fahne
ist über dem Enterhaken gehißt. Vielleicht ist die schwarze
Katze der entlaufene Schatten der zimtfarbenen? Du wartest,
weil Pinocchio uns aus einem Ramschladen zuzwinkerte,
weil der Wasserbaum gestreifte Markisen als Blätter treibt
und die Äste Fagotte sind. Schornsteine recken sich wie Hälse
von Kontrabässen nach den Zeichnungen eines dampfenden
Taktstocks. Die Palazzi haben Masern, frieren, weil die Seelen
der Pfandleiher spuken, blicken mit Eisblumenaugen
auf das Wasser, das den erkälteten Gassen Schaumkragen häkelt.
Die Dächer sind rauh vom Husten und schwarz wie Bratpfannen,
Topfkratzerwolken helfen dem Regen, scheuern sie blank.
Sternbilder wehen aus den Kuppelbrüsten von Santa Maria
della Salute, die Ohrschnecken lauschen, längst
sind die Oktoberschiffe heimgekehrt, mit zerschlissener Leinwand,
rostigen Rudern. Dünngeschabt und locker

wie Milchzähne wirken die Anlegepfähle, Zimmer,
geleint an gichtige Ankertaue, durchschwemmt
von Sagen und Fischernetzen.
Wir treiben in unserem Achterlogis, hören dem Schluckauf
der Brandung zu, bis die Laternen durch unsere Betten schwimmen
und das Seguso das Steuerrad nach Polynesien stellt.
Der ausgestopfte Sägefisch wird keinen Grog mehr trinken.
Ich dachte an Dresden, erinnerst du dich?
Wie wir barfuß durch die Pfützen tanzten,
der gelbe Schirm trieb langsam im Regen davon,
damals im Juni, auf der Brühlschen Terrasse …
Orion und Plejaden wandern auf den Wänden. Ein Logbuch
unter dieser Stadt, verzweigt zum Garten der Geschichten.
Wir sinken aus dem Schlaf, morgens, wenn die Sonne
Kassensturz macht auf dem Sund, die Stunde kühl ist wie Tafelsilber.
Die Motorboote haben dem Traum nichts an. Sie kreisen ihn ein,
putzen seine Klinken. Der schwarze Kirchenstuhl schwankt,
durch den der Nebel den Fondamenti beichtet, wir helfen den Musikern
Flügel und Bühnenbilder retten, wenn der ertrunkene Ober
die Kanäle hebt und den Parterres ihr erschrockenes Gesicht
auf dem Tablett des Acqua alta serviert. Die Trauringe des Dogen
am Meeresgrund werfen blitzende Echos zur Oper hinüber, La Fenice
ist stumm über leerem Marmorpapier, die Kehle halb
aus der Asche geschlüpft, trauert den Koloraturen nach,
von Sotoportegi und Cortes auf steinernen Violinwirbeln gestimmt,
unter Balkonbrüstungen, geschwungen wie die Beine von Spinetten.

Bruno Girasole, Chefkoch, wollte sich erhängen,
denn dies, sagt er, ist die Welt der Melancholie,
von Hypertext, Popcorn, TV-Shows und Börsenkursen,
aber seine Katze hatte Junge bekommen im Bett,

und was hätten sie tun sollen ohne ihn, den Liebhaber
der Kammerkonzerte, feinen Unterschiede, feurigen Frauen,
von Spanish Leather After Shave, der Unterwäsche von Zimmerli,
gepflegten Zigarren und Charakterweinen; ohne ihn,
den Abonnenten einer Zeitschrift für bemannten Raumflug
und Rosenzüchter. Jetzt kam auch noch der Brief
seines Fernschach-Partners dazwischen, worin dieser
einen Fehler beging im sizilianischen Dickicht
und Bruno, getroffen vom Blitz, ein Matt in sechzehn Zügen erkannte,
schön wie die Immergrüne oder Anderssen-Kieseritzky,
und den Tag verfluchte, an dem Gott die italienische Post erfand
mit ihren Schließtagen, Streiks und absurden Fehlzustellungen.
Es würde Monate dauern bis zum Triumph und der Veröffentlichung
in *Schach aktuell.*

Manchmal fällt hier der Schnee kursiv.
Der Löwe hat Zahnweh, die Lagune ist mit knisterndem
Damast gedeckt, Möwen schaukeln auf der Piazzetta,
vor Europas großem Empfangssalon. In der Wasserlinse,
die jetzt an den Umrissen biegt, tickt die Netzhaut
der Stege, mit blinkender Kurbel läuft im Fischkino der Film
von Gummistiefeln, Bojen und den Tauben, deren Kalk geduldig
am Hochmut der Parkette ätzt, Risse nachsalzt, die Trommelfelle
der Campos, die Geländer mit giftigem Weiß überbäckt.
Jetzt bücken sich Marionetten aus den Emporen, entkommen
dem Sommer, der die Bewegungen schmilzt, de Chiricos Bildern,
mit ihren von Sonnenfinsternissen gesiebten Farben. Zeit,
in der Zechinen aus den Schädeln der Korsaren steigen, Korallenzoll,
versunken in den See-Archiven, Zeit des feinbetuchten Mittags,
der Eisateliers und der Zeremonien auf einer von Patina
verlangsamten Bühne, wo Kiementenöre proben, die Partituren

der Serenissima wuchern, Bullaugen in den Mosaiken kreuzen,
vom Weingeist verkrustete Truhen, Lampenschirme morsen,
Portugiesische Galeeren in die Adria navigieren.
Obraszow, Herr der Puppen, hält auch Buchhalter
für ein Wunder. In den Uhren graben sich die Zeiger tiefer,
stechen wie Spaten vom Vorrat der Stunden.
Abend heißt der Golf, der das Morgen ins Gestern spült,
unter dem Quittenmond hier, der uns den Tisch
mit Wintersternen deckt. Treibgut, so fahren wir,
um den Wind zu besiegen. Zeit der Kostümverleihe, Karneval,
wenn die Masken regieren, die Pirouetten der Tänzer, Schweigen
in den schuppigen Spiegeln erscheint, zu Proviant den Rauch
vor unseren Worten verpackt. Winters, Geliebte, heißt es
Knöpfe annähen und sich gegen die Müdigkeit wehren,
die im Schleppnetz der Wimpern hängt.
Neuschnee scheffelt jeden Schritt, der von einer Tür
zur anderen führt, kreist mit der Kaltnadel
Brunnen und Kronleuchter ein, Vaporetti
spulen nüchterne Reisen vom Knäuel der Wege. Wir lassen
es uns gefallen, fröhlich sind wir in dieser Stadt, wo Kulissen
die Wahrheit belagern, Fenster Schwimmstunden
im Himmel nehmen, aus Jungenlärm ein Fußball
über Schulhofmauern springt, im Gassendunkel
vom Schnallenschuh eines Admirals gestoppt. Stille
reckt ihr Periskop, taucht vor den Andenkenläden,
tastet sich wie ein Einsiedlerkrebs zurück zum Rialto,
wo der Basar wieder vom Wert des Brotes spricht.
Wäsche kräuselt sich in späten Zaubern, grübelt
den Beschwerden des Blasebalgs nach, der in Orgeln
und den Nasenlöchern der Höfe schnauft,
winkt Flaneuren Willkommen, den Schuhspannern,

die sich als Brücken tarnen und die ausgewalkten
Flüßchen dehnen. Gondeln schleichen, Schnabel-Pantoffel,
durch das Märchen, winters, Geliebte, wenn die Kanäle
eingedickt sind zu Lötzinn, das die Gondolieri
mit langen Buchenholzlöffeln vorsichtig rühren.

Nester von Wasservögeln, so hängen die Zimmer
an Stiegen. Metaphysik beginnt bei einem Müllboot im Dunst
und einer Skizze aus Flaschenzügen, die das Haus zurückhebt, bis
selbst Porzellantassen Anker werfen, die weich sind wie Gras,
um in der Flut unzerbrechlich zu sein und das glühende
Grün anzulocken. Kirchtürme entfernen sich, fransen
zu Schiffsmasten aus, die Fracht besteht aus sichtbaren
Worten, jetzt, wenn der mit Frostgewichten gegurtete Fluß
langsameres Wachstum empfiehlt und das Begleichen
von Rechnungen, seinen brackigen Arm schützend
um künftiges Gedächtnis legt. Sie wird wiederkommen,
die schaumige Musik der Apfelblüte, schon wellt
ein Hauch die Schlittschuhspuren, schon
beginnen Farben aneinander abzubrechen.
Wir staunen, daß im Café die Malteserritter
vor Laptops sitzen, Kurtisanen in Handys plauschen,
während Dante, nicht genug für den Espresso,
auf einem €-Stück schweigt. Ixions Rad schickt heute
den Touristenstrom und Kleingedrucktes. Teures Pflaster.
Hier sind wir, angereist auf einer Kanonenkugel,
im Reisebüro von Atlantis gebucht.
San Marco: eine mit Asche bespannte Mandoline,
von Kameras eingekreist, Marktschreiern, flüstert zum Rückzug
in bröckelnde Spiegelbilder, Agfa-Leporellos, Flüssigkristalle
stellen das Meer ins Netz, ein sterntrinkender Bildschirmschoner,

der nachts von Geheimnissen eingeholt wird.
Die Basilika, gesponnen ins Wiegendruckdunkel von Byzanz,
rettet abends die Silhouette hinüber zur offenen Tür,
wo die Salons der Grandhotels dünen, mit Thomas Manns
Zigarrenasche und Grammophongold bepudert, sachkundig
über Jahrhunderte aufgekauftem Licht, wo die Lagune
den Dogenpalast entläßt und Kajüten mit Schimmelpilzsiegeln
im Nicken der Wellen bestätigt. Perserkatze, Heiliger:
alles Collage, von Brücken geklammert zu seltsamen Itineraren,
während das Wasser mit seinen weichen Messern
an den Grundrissen schnitzt. Wir lesen, was in tausendundeinem
Stoff Laufmaschen erzählen, zwischen Kaftanen
und Teerjacken sprießend, von Motoscafos gezogen
in den Paillettenkleidern des Meeres.

Keine größere Alchemie hier, als unverstellt schwimmen.
Daß wir dem Klimpern der Sprungfedern lauschen,
nachts, wenn der Schlaf den Tag mit Tierkreiszeichen bestickt,
uns mit Fingerkuppen lesen, mit den Lippen umblättern
für Koseworte, pflanzt ein Lächeln in die fortdauernden Echos.
Nach Honig und Nüssen schmeckt der Spielfilm deines Haars,
gedreht von einem Regisseur, der dich liebt,
zwischen uns wachsen Berührungen, still und lebendig,
wie das Orange die Haut eines Pfirsichs verläßt,
wenn die Abendsonne ihn der Dämmerung übergibt.
Es ist kein einfaches Leben, Verletzungen
kommen vor, Müdigkeit, Resignation. Abflauendes Licht
und schweigende Boten. Aber die Gerüche in der betäubenden
Wucht des Sommers, die unter dem cremigen
Bombardement der Eiskugeln splittert,
die Majestät einer Bohne, klares, kaltes Wasser,

die wiehernde Roßkur einer erfolgreich durchkämpften
Steuererklärung genügen, um weiterzumachen.
Die Stille deiner Hand.

Dort, die blaue Tür, schließ sie auf, wir sind zu Hause
im Libretto für eine schwimmende Oper, die Vorstellung läuft.
Ist es der Meisterdieb, der mit einer weißen Hand
den Tod aus dem Leben stiehlt?
Neben dem Fahrstuhl schwankt der Feuerwehrmann
schlaftrunken zum Capriccio mechanico-philosophico.
Der Inspizient rauft sich die Haare: Hat jemand Ismael
Ahab gesehen, den Fischer? Hurvinek Špejbl? Ein Elektriker
ist in die Marionettenfäden geraten. Die Gewittermaschine
donnert und donnert. Basilio klebt das Foto eines Hinterns
auf Paminas Medaillon: Dies Bildnis ist bezaubernd schön …
Es lebe der Schabernack! Ein Kurzschluß wetterleuchtet.
Der Dirigent haßt das Orchester. Lohengrin ruft aus Verzweiflung:
Wann kommt der nächste Schwan?! In der Ballgasse
wird fieberhaft an Nixenschwänzen genäht, Condottieres
schnörkeln Verbeugungen mit rauschenden Federhüten.
Die freigewordene Wohnung? Geradeaus, und im Schnürboden
den zweiten Lift von rechts. Willkommen an Bord des Theaterschiffs.

Zeit. Wir sind nicht nebensächlich,
wenn das Licht den Tag zurückzuerobern versucht.
Die Katzen zeigen, daß Stille existiert.
Daß es sich lohnt, die Schatten zu befragen,
Dinge mit dem zweiten Blick beginnen zu lassen.
Touristen und Einwohner tauschen ihre Rollen.
Die Sprossen der Sonne klettern. Der Baumeister verwendet
schiefgetretene Streichholzschachteln, Kerzendochte, Paket-

bindfäden, gelochte Tickets, die Rechnung der Telefongesellschaft,
Zellstofftaschentücher für die Rose am Dom.
Wir bleiben unsicher.
Hier, wo das Wasser flüstert: Wer findet, hat nicht gesucht.
Hier, wo man erkennt, daß selbst Filme
mit Schrift beginnen und enden.
Hier: Wo die Winterlampen den Sternen helfen,
Morgenlands Rohstoffhafen handelt
und der Traum jeden Tag aufs neue entsteht.

Winterbriefe

An den Uhren hängen schwere Gewichte
aus Stunden, noch nicht gesunken in Zeit,
Buchstaben, Gespenster in Nemos Bibliothek.
Abends, im Fluß, glimmen die Adern des Wassermanns,
Apostelfinger tauchen in die Sonnenfrucht,
wie um zu kosten, Dächer und Fische wandern
aus den Händen der Moldau, vor Tag und seinen
blaßgewandeten Zeichen werden sie zurück sein.
Im Rudolfinum ist das Versteck der alten Oboen,
die Leuchtkäfer draußen sind Höhlenforscher
oder Seelen von Alchemisten. Die Luft
ist eine gesprungene Glocke. Neujahrsnacht!
Wie Zitronen glühen die Öfen.

Hechte im Waffensog. Wappentiere
bewachen die Zugbrücken vor den Archiven,
wo Blicke an die Türen der Tintenzeilen klopfen,
eine Klinke zu finden in die Zeit.

Nonnen murmeln vorüber, sparsam unter Segeln.
Teynkirche, ein schwarzer Barsch hat seine Rückenflosse erhoben.
Casanovas Mantel wirft einen holländischen Schatten
unter den Lampen im Regen, der ein Kamm aus Wasser ist.
Nur die Moldau geht mit der Zeit. Im Clementinum schrieb ich
von Schwejks Tieren. Bei Melantrich traf ich Lenka Reinerová
und den Kapitän der tschechischen Hochseeflotte. Dinge
und Schweigen eingeschlossen im Bernstein Erinnerung,
manchmal rührt sich der Riese, der sich die Moldau
aus Felshumpen in die ewig trockene Kehle gießt,

Dämmerstunden sind Witwen, tragen Trauer um Gestern,
und leider gab's bloß Trockenblumen in ganz Prag.

Abends suchte der Wassermann seine rostigen Schuhe
im Serapionstheater, vor der Wohnung der Sopranistin,
vergeblich. Sie hatte Hering gekauft und Stöpsel in die Abflüsse
gesteckt, also mußte er zum Essen bleiben. Vom Plattenspieler
hoben sich die Gestalten aus La Bohème, auch der Schatten
der Sopranistin, und Notenärmel. Am Ende waren sie beide
umgeben von geflügelten Büchern, knipsten das Licht an
im Saal, wo die Masken tanzten. Vor den Fenstern
tauchte die Kleinseitner Unterwasserlokomotive auf (mit
Entengrütze beheizt), und der Zauberer sagte:
Treten Sie ein, Herrschaften, das Schiff wird landen,
mit seinen Schornsteinen wie Honigpumpen,
Klarinettenmasten, tausend Lichtern und einem,
der Schiffsschraube aus vierblättrigem Klee,
und wir werden zu Hause sein.

In Liebe Dein Münchhausen

❧

Kräne hoben das Turbanmuseum über die Stadt,
die Straßenbahn eine Äsculapnatter
zwischen den tintenfischfarbenen Reusen der Stromleitungen
und Marionettengewirren der Wäscheleinen. Dunkel
wie Mokka, sagtest du zur Donau, und die Möwen
sind Zuckerstücke, die sich nicht lösen. In der Dusche,
aufgedreht, murmelte rostig das Wasser
vom fernen Erscheinen Neptuns und der Königin
von Atlantis, in einem Treppengrund tief

liegt noch ihr Ring mit dem Aquamarin.
Abends wurden Dächer zu Austernbühnen, die Compagnie
öffnete das Sekretariat des Flusses, Regen in der Rezeption,
die Schlüssel blinkten ihr Pupillen-London. Die Schiffsuhr schlug
für ein blaues Segel. Dann erwachten die Indienkapitäne

Die Tobsucht einer Puderquaste verblühte,
die Zitronenseele ist aus feinem Öl, tropfende
Musik der Fingerkuppen, durchsichtige
Pflanzen im Wachstum, Dame Winter
probierte Kleider, Erdbeeren im Besen des Rauchfangkehrers,
abends hatte die Donau Planeten im Haar,
Wellenfinger spielten ein Unterwasserklavier (oder ein Schiff
verlor eine Ladung CDs, du sagtest: Nachtigallen in Scheiben),
wir trieben im Bett aus unserem Quartier in Wien II
(Lassallestraße 11), unsere Katze Josephine entsetzt
in eine Zahnbürste mit rotweißen Ohren verwandelt,
ein Zeppelin mit pampelmusengelben Bullaugen
und Schnorcheln wie Fieberthermometer ruderte
uns voran zwischen Schlingpflanzen und Luftwurzeln
in der UNO-City, kleines gestreiftes Abenteuer,
sagte Hundertwasser; warum nicht

Fliegende Witwen über der Josefstadt,
die Etagen dampften wie Badewannen, Regen,
Regen über Wien, behielt die Grippe im Blick, schnaubender
Pegasus die herangaloppierende U-Bahn, mein Herz
war dünn wie ein Schleier vor Sprache, du zogst Handschuhe
über deine Worte, in Wien, und wieder abends dufteten
die Feuerblumen des Münzenherds nach deinen Bratkartoffeln;
Gewebe-Häuser, du sagtest: in Formalin gelegte

Soutanen, das Räderhaar auf der Urania, gefrorene
Linsen im Teleskop, bitte beachten Sie
die Piano-Taste im Sternbild Schreibmaschine, und
an der Brücke das Schild *Bevor Sie springen –*
wir freuen uns nicht *über jeden Besuch, Ihre*
Flundern, und *Traurige Clowns werden*
nicht mehr bedeckt, Ihre Entenmuscheln, Ja,
sagtest du, vielleicht kommt es darauf an, mit
einem Wintermantel Musik zu machen, mit
dem Anglerlatein der Fernsehantennen, denn:
Die Oper muß spielen! Wird spielen!

In Liebe Deine Schehersad

Vicomte de Venosta, Spezialist für Transferfragen

Sie müssen verstehen, meine weitverzweigten Geschäfte
sind difficiler Natur und nicht so leicht zu erklären,
da an ihren Früchten nicht immer zu erkennen und quasi
sehr bedürftig der Diskretion. Ich vertrete eine alte, wohlrenommierte
Firma, deren flexible, dynamische Tätigkeit spécifique sowie
unter wechselnden Namen und Adressen erfolgreich ist.
Das Verhältnis zu meinen Mitarbeitern
ist so eng, daß ich sie gerne einfach
meine rechte und meine linke Hand nenne, auch sind wir
eine Firma très fortschrittlich, die gleitende Arbeitszeit
gehört zu unseren Geschäftsprinzipien traditionell, Sie
verstehen, in diesen wetterwendischen Zeiten
ist unsere Kundschaft heikel und scheu, ich vergleiche sie gerne
mit einem Fischschwarm, größere und kleinere Fische, die größeren
haben nicht unbedingt weniger Knöpfe auf den Taschen, weshalb
der Fortschritt notwendig ist nicht nur nach erfolgreich beendeter
Arbeit, sondern auch und gewissermaßen vor allem
in der Technik des Knöpfens. Das Gesetz ist unerbittlich:
Wer stehenbleibt, wird bestraft. Meine Mitarbeiter und ich
beschäftigen uns mit dem Überflüssigen, das heißt mit Kompromissen
zwischen diesem und dem Trockenen, so daß das Liquide
übrigbleibt für beide Seiten, eines der wichtigsten Prinzipien
unserer innerbetrieblichen Demokratie. Sie beginnt mit
Annäherungen, Einkreisen, nüchternem calcul, dann
Tuchfühlung. Man tappt oft im dunkeln,
Kunde: du schwer begreifliches Wesen, oft verschlossen
wie ein Tresor, dann muß man mit Samthandschuhen
verhandeln, doch wenn man kennt die richtige Kombination,
eröffnen sich ungeahnte Perspektiven. Im ambulanten Teil

unseres Metiers sehr wichtig sind Präzision, Beobachtung und
schnelle Entscheidung, die Kundschaft hat es meist eilig,
Flaneure im Winter nicht selten sind von der Konkurrenz oder
aus anderen praktischen Gründen verdächtig interessiert
an der Arbeit unserer wohlrenommierten Firma. Voilà.
Bevorzugt gehören trost-, aber sonst nicht bedürftige Witwen
zu unserer Klientel, doch diese Aufträge erfordern
Investitionen, Geduld, sichere Laxheit in Kleiderfragen,
einen Vorrat galanter Anekdoten, ein Lokal mit crédit und
den mir angeborenen Stil. Mit einem Wort: Handwerk.
Sehr selten geworden, glauben Sie mir. Wie das Entkommen
vor der Farbe des Meisters unserer Zunft: *bleu mourant.*

Jensen, Kommissar der Hafenquaestur

Zugegeben, ich habe Sie beobachten lassen. Aber
wir wissen nicht, von wem sie gestohlen wurde, Ihre Uhr.
Mein Verdacht sagt mir: Auch der Zeitgeist braucht Hehler.
Sie scheinen einen Plan zu haben. Darf ich Sie bitten,
sich auszuweisen? – Blauer Paß, danke, genügt.
Willkommen im Dänischen Viertel der Stadt.
Sie wissen, hier befindet sich die Registratur.
In der Geheimabteilung liegen Dinge, die so geheim sind,
daß niemand weiß, ob man überhaupt wissen darf,
daß man das gar nicht wissen darf.

Das Leben ist sonderbar, ich beobachte es schon lange.
Z. B. unser spezielles skandinavisches Fischereirecht.
Die großen Fische schwimmen durch die Lappen,
die kleinen hinter schwedische Gardinen. Und die Flora?
Manche Blüte treibt eine Schein-Frucht.
Wenn ich Ihnen zu philosophisch bin, sagen Sie Bescheid.

Von meinem Fenster blicke ich auf den Hafen,
sehe, wie morgens die Flut ihre Muskeln spannt
und Krusenstern Ausschau hält nach den Karavellen.

Die Lichter blinken auf, die Wintersternbilder
verschwinden hinter den Umrissen von Albertslund.
Ich weiß, daß sie an der Arbeit sind, meine Arbeitgeber
mit dem besonderen Fingerspitzengefühl ohne Fingerabdrücke
und den Nachschlüsseln ins Leben. En gros und im Detail.
Dynamit-Harry holt das Netz ein mit den wassergekühlten
geistigen Getränken. Drei Pilsner sind ja schon eine Mahlzeit,

aber der Mensch, sagt Harry, lebt nicht vom Brot allein.
Er schreibt am *Bombenerfolg*, seiner Autobiographie,
ein Buch mit sieben Lunten.

Vor dem Getreidespeicher sehe ich drei Silhouetten:
Egon Olsen, Meisterdieb, und seine Gehilfen Benny und Kjeld.
Sie drehen am D.M.G.D., dem Dänischen Mächtig Gewaltigen Ding.
Ich glaube, es hat zu tun mit der Geheimabteilung der Registratur
und einem roten Koffer darin, dem *Wandenberg*-Koffer.
Über die Olsenbande führe ich ein gesondertes Dossier:

I) EGON OLSEN:
Motor und Kopf der nach ihm benannten Organisation. Freundlich
wirkender älterer Herr. Melone, Nadelstreifenanzug, kalte Zigarre.
Seitenscheitel. Gentleman alter Schule. Feinmechaniker innerhalb der sog. Gesellschaft für inoffiziellen Gütertransfer. Offenbar
ohne Privatleben und Laster außer der o. a. Zigarre und Tuborg-
Bier. Trinkt erst in letzter Zeit aus dem Glas. Perfekt ausge-
tüftelte, auf einem Uhrwerk basierende Pläne. Diese scheitern
an Benzinmangel und an Menschen, die nicht wissen, daß sie
Bestandteil von Präzisionskunstwerken sind und sich entsprechend
zu verhalten haben. Immer am Werk, wo er schläft, weiß niemand. Schläft er überhaupt? Und mit wem? Hält wahrscheinlich
Verbindung zu medizinischen Kreisen, arbeitet mit Talkumpuder,
Gummihandschuhen, Stethoskop. Physische Gewalt lehnt er ab.
Verwendet aber Schimpfworte, z. B. lausige Amateure, Mollusken,
erbärmliche Piesepampel, talentlose Käsekacker. Spezialist für Tresore
der Firma Franz Jäger, Berlin. Hat eine Vorliebe für das Kleine,
Tragbare. Zitat: *Schauen Sie, wie es den Großen ergeht: Auerochs,
Brontosaurus, Mammut.* (Zitatende). Weiß, daß die Politiker aufge-
geben und alle Kräfte freies Spiel haben. Weiß auch, daß es kleine,

mittlere und große Verbrechen gibt, daß die großen sich bezahlt machen und also keine sind und die Polizei die Aufgabe hat, ihnen Schutz zu gewähren. Verfolgt immer noch Plan Blau.

II) BENNY FRANDSEN:

Hut, gelbe Strümpfe, zu kurze Hosen, gelb-braun kariertes Sakko, Messingstück (bezeichnet als *das Dingsda*) in der Brusttasche, Universal-Einbruchswerkzeug. Nervös, agil, hüpfender Gang. Bruder von Harry Frandsen, genannt Dynamit-Harry. Verlobt mit dem Fotomodell Ulla; ein Kind unbekannten Aufenthalts. Zuständig für das Benzin und alle technischen Aspekte der Coups. Plant solche auch selbst, wenn I) einsitzt in Albertslund. Bevorzugte Objekte dann Kioske und Tabakläden. Beute: 5½ Øre + 1 Hosenknopf. Jeden Abend bei III), trinkt dort dessen Bier.

III) KJELD JENSEN:

Ängstlich, aber treu und verläßlich. Stellt das Hauptquartier der Organisation. Schirmmütze, Cord-Sakko, Turnschuhe, Hebammentasche. Darin die medizinischen, von I) zweckentfremdeten Gegenstände und die Utensilien der Coups. (* Siehe Auswahl-Liste unten.) Besorgt diese. Singt ganze Opernarien und spielt Leierkasten (Fa. Bacigalupo, sichergestellt). Verheiratet mit Yvonne J., diese verlangt zur Silberhochzeit einen Pelz von III). Steht unter deren Pantoffel. Lieblingsessen: Schweinebraten mit Rotkohl und kleinen, in heißem Zucker glasierten Kartoffeln. Liebt Eiscreme. Immer

Auswahl-Liste der von der Olsenbande in ihren Aktionen verwendeten Utensilien:
Rolle Klebstreifen; Rundkopfnagel, 3½ Zoll; 100 Gramm grüne Erbsen; Klaftermaß; Knallfrosch; Häkelnadel; 3 Himbeerbrausen; Børges Katapult; abgebranntes Streichholz; Plastikschlauch (½ Meter); 100 Luftballons; 2 Wollfussel.

hungrig, da zur Zeit auf Brokkoli-Magermilch-Diät. Drei Kinder,
davon zwei unbekannten Aufenthalts. Sohn Børge wird in die Pläne
des I) einbezogen.

Moment bitte. – Am Apparat. Jawohl, Herr Minister.
Ein unbekannter Rüde …? Ihre Hündin Mucki …?
In einem orangefarbenen Telefonzelt? Jawohl.
Bin unterwegs. – Ich bin auch nur ein Diener meines Herrn.
Pflichttreue birgt ihren Lohn in sich; aber er ist bescheiden.
Rechtschaffenheit ist mager, und Gerechtigkeit
ist stolz, aber einäugig. Liebe ist süß, aber selten.
Freundschaft und Kameradschaft, das ist, was zählt,
wenn man alt wird. Aber nicht nur die Dummen,
auch die Klugen sterben nicht aus.
Man stirbt, wenn einen nichts mehr überrascht,
sagte mir Inspektor Casanova, mein Kollege von der Sitte.

Ellbogen? Sie werden sie brauchen im Leben.
Die Zeiten werden rauher, und Hoffnung ist teuer.
Gewalt sehe ich täglich, und was ich tun kann, ist wenig.
Zeit säumt die Träume, und Vernunft steht auf verlorenem Posten.
Meine Frau sagt, das hänge zusammen
mit der unzuverlässigen Schiffahrt zwischen den Vierteln.

Wir leben in der Epoche der Drei F:
Fußball, Fernsehen, Formel 1.
Der mit der Schachbrettfahne winkt, sagt dir,
wer du bist. Rundfunk, Fernsehen, Zeitung:
Wir verstehen nicht, was geschieht.
Und die Erklärung ist: Es gibt keine Erklärung.

Aber es gibt den Frühling,
den Tod und seine Agenten
Zeit und Gegenwart,
den Geheimdienst Liebe,
der in Schatten wohnt.

Auf Wiedersehen! Wir im Dänischen Viertel
haben ein besonderes Wort dafür.
Livet er skønt. Leben ist schön.

Xenia Crusoe, Arbeiterin in der Fischfabrik

Alleinerziehend. Das ist, was ich sagen kann.
Auf dem Spielplatz liegen Glasscherben.
Die Kinder wühlen lachend im Müll.
Manchmal kommt mein Nachbar vorbei.
Er ist invalid, war früher Seemann.

Sein Spruch: Auch ein frischer Wind
kann nach Darmgasen riechen.
Er bringt mich zum Lachen, heitert mich auf.
Er spart für eine Reise. Ich wegen der Schulden und
für einen Umzug, vielleicht.

Abends, nach der Schicht, muß ich in Blaubarts Bezirk.
Ich dusche und schrubbe, der Geruch haftet mir an.
Aber ich habe viele Kunden aus der Fabrik,
sie sind meine Maske gewöhnt, und daß ich nicht küsse.

Wenn ich heimkomme, höre ich manchmal Streit
und Geschrei, nicht aus dem Fernsehen.
Die Wohnungen sind eng. Im Briefkasten Rechnungen.
Ich sehe nach meinem Sohn, der friedlich schläft
unter den selbstgemalten Sternen.

Sortini, Akaki Akakijewitsch, Beamter der Zentralkanzlei

Ja, es ist dunkel hier. Aber immer überheizt.
Hängen Sie Ihren Mantel neben meinen. Manchmal
finde ich mich selbst nicht mehr zurecht, und ich diene
der Behörde schon fast vierzig Jahre. Die Glühlampen erhellen
endlose Treppen und Gänge, die kreisförmig verlaufen und sich
kreisförmig verzweigen. Wegweiser weisen auf Wegweiser, die
auf Wegweiser weisen. Noch jedes Navigationssystem ist hier
gescheitert. Jede Kanzlei besteht aus Unterkanzleien, die von
Oberkanzleien kontrolliert werden (diese stehen über
den Kanzleien, diese besitzen eigene Kontrollkanzleien,
gleichzeitig arbeiten verschiedene Beamte verschiedener
Oberkanzleien auch in verschiedenen Unterkanzleien, während
gleichzeitig erfahrene Beamte der Kanzleien wiederum
die Kontrollkanzleien kontrollieren). Des weiteren gibt es
Hauptkanzleien, Konjekturalkanzleien und eigene Kopier-
kanzleien jeder Abteilung, nicht zu verwechseln mit Kanzlei-
kopien, dies sind Kanzleien, welche die Arbeit der ihnen
zugeordneten Kanzleien kopieren, bevor sie sie an die Datensicherungs-
kanzlei weiterleiten, die die Kopien kopiert und eine weitere
Kopie an die Oberdatensicherungskanzlei weiterleitet. Nicht
besonders zu erwähnen sind die Unterstkanzleien, in den Unterstkanzleien sitzen die auszubildenden Kanzlisten und lernen
den obersten Grundsatz unserer Behörde: *Nur Akten sind Fakten.*
In den Oberkanzleien arbeiten Beamte ersten, zweiten und dritten
Grades, die letzteren sind die in den Unterkanzleien eingesetzten
Beamten, die Beamten zweiten Grades sind mit der Kontrolle
der Kanzleien betraut, die Beamten ersten Grades leisten
die eigentliche Arbeit der Oberkanzlei und sind direkt
und alleinig den Oberstkanzleien unterstellt, welche wiederum

direkt und alleinig der Chefkanzlei unterstellt sind,
wohin nur die blauen Akten gelangen, die schwierigsten Fälle.
Mit der Chefkanzlei verkehren wir ausschließlich schriftlich,
denn sie befindet sich, gewissermaßen als Außenposten,
im Schloß, wird gesagt. Einen Beamten der Chefkanzlei
hat angeblich noch niemand gesehen, so daß viele behaupten,
es gebe gar keine Chefkanzlei (dem muß ich entschieden
widersprechen); andere, es gebe eine Kanzleikanzlei innerhalb
unserer Kanzlei; niemand kennt alle Beamten hier.
Sogar höre ich neuerdings von einer sogenannten
Amöben-Abteilung berichten (manche sagen auch
Abteilungs-Amöbe), die ständig die Form wechselt, mithin ungreifbar,
getarnt, ohne Büro oder alles zusammen ist, abgekürzt KKK, die
Kanzleikanzleikanzlei. Nun, ich sitze hier und halte aus.
Im übrigen wird behauptet, daß die Chefkanzlei gleichfalls
aus Unterst- und Unterkanzleien, Kanzleien, Ober-
kanzleien, Hauptkanzleien und Oberstkanzleien bestehe, für
Verwirrung sorgte neulich eine Akte, die angeblich
aus der Generalkanzlei der Chefkanzlei stammte, aber niemand
kann sagen, ob dies die Chefkanzlei der Chefkanzlei ist. Bitte?
Über Sie? Eine Akte? Gewiß. Und nicht nur eine.
Damit kommen wir zur Regelung des Schriftverkehrs.

Es beginnt mit Ihrer Geburt, ausgestellt wird das Formular
- Weiß Ia. Dem Formular Weiß Ia wird nach Prüfung
  der elterlichen Formulare das Formular
- Weiß Ib, sog. Staatsbürgerfeststellung, beigefügt. Für Formular
- Weiß Ic, sog. Staatsbürgerbestätigung, benötigen Sie Formular
- Weiß Ib1, Ehelichkeitserklärung der Eltern, Formular
- Weiß Ib2α, sog. natürliche Mindestschwimmstreckenbewältigung,
  außerdem Formular

- Weiß Ib2β, Impfzeugnis, außerdem Formular
- Weiß Ib3α, sog. negative Einwanderungsbehördenausstellung, außerdem Formular
- Weiß Ib3β, sog. positive Einwohnerbehördenausstellung, außerdem Formular
- Weiß Ib3γ, sog. Null-Leumundszeugnis, sowie (nach der jüngsten Formularordnungsverwaltungsgesetzesnovelle) das Formular
- Weiß Ib3δ, sog. Kleinstkindkomplettkasko-Kaskade, des weiteren
- Formular Gelb I zur Bestätigung der Richtigkeit der bisher gemachten Angaben,

Moment … Warten Sie! Wir sind doch erst am Anfang!

Zenobia Quichotte, Versicherungsmaklerin

Wenn Blau sich mit Blau schützt –
was ist dann Wahrheit?

Vor Gericht und im Sturm
lernt man die Menschen kennen.
Tiefer als die tiefste See
ist der Abgrund des Herzens.

Unschuldig werden wir geboren,
doch wir bleiben's nicht, die Zeit
vergeht und wandelt alle Dinge.

Mein Geschäft sind die Arten der Angst,
mein Siegel ist die Windmühle,
Eigennutz, Verrat, Dummheit, Macht
steht auf den vier Flügeln geschrieben.
Meine Wohnung ist der Widerspruch,
auf den Feldern der Morde
wachsen die Rosen.

Schehersads Tagebuch

Mein Vater arbeitete beim Brückenzoll.
Mein Vater erzählte mir von den Havarien.
Jene, die die Spottdrossel beweint,
geschah in den Gärten über der Meerenge.
Zwölf Sargmacher stritten sich um eine Braut,
sie wählte Großvater, Bruder von zwölf Generälen.

Jene, mit einer Heuschrecke befreundet,
stolziert in die Stunde der verrückten Taxifahrer,
wenn sie ihre Kunden sonstwohin bringen,
nur dorthin nicht, wohin sie wollten,
um ihnen etwas Neues zu bieten.

Die dritte wartet am Mandelblütenmeer,
wenn zwischen den Lachfalten des Frühlings
die Diskotheken zu atmen beginnen.

Großmutter flüsterte: Der Mond liebt
die Stadt. Der Mond schläft nur hier.
Auf den Kuppeln besucht er seine Töchter.
Im Mond wohnt eine Nixe. Sie hat viel geweint.
Ach was, lachte Vater, nannte sie Falschmünzerin,
wenn das silberne Schwert in seinen Augen hing.

Die Seepferdchen ziehen den Mond herauf,
durch das Nadelöhr des Glücks, flüsterte Großmutter.
Ihr Mund war ein Magnet der Geschichten.
Ihre Hände waren rauh wie Bootsstricke,
nannten mich jeden Morgen kleine Feuerameise,

wuschen mich mit dem Hunger der Möwen,
wuschen mich mit dem Scharfblick der Hebammen,
wuschen mich mit den Farben der Gewürzhändler.
Großmutter verkaufte die Karten im Bahnhofskino
und nach dem Vorfilm Eis und Popcorn,
ich saß bei ihr, bei den fiebernden, gußeisernen
Lichtspielmaschinen, die unter den Abenteuern ächzten.

Madame Himmelbach hatte die Reinigung
am Aufgang der Brücke. Sie sang:
O ihr Windeln, blutig von Geburt und Schmerz,
ihr T-Shirts fußballspielender Schmutzfinken,
Verschwiegenes in den Ehebetten und Familien,
Vertreter-Hemden, die mir von Demütigungen berichten,
ihr Schürzen der Marmeladenköchinnen an den Bottichen
mit Okka-Rosen, ihr Taschentücher voll Telenovelatränen,
Pelze, euer Stolz von Farbspray gebrochen,
Bahrtücher, von Fliegen beschriftet …
Ich wasche die Kleider des Lebens.

Madame Pera wohnte in der Straße der Perlentaucher,
am Abendende der Brücke. Sie legte die Karten
für die tscherkessischen Fernfahrer. Der Abrißbagger
kam eines Tages einfach nicht durch.

Auf der Brücke führte Yussuf Cahine, genannt Tintenfisch,
eine Agentur für Ausreden, sehr erfolgreich.
Daneben wartete, in der Flüchekasse des Zolls,
Madame Stricke Niedlich, genannt Barrakuda.
Kurz vor dem Spitzenspiel der beiden Stadtmannschaften
legte sie einen Schwimmring um und ließ
die Schranke herunter, Geschäft ist Geschäft.

Großmutter sagte: Was ist aus ihm geworden,
den sie Banane nannten? Manchmal fuhr er
seinen betrunkenen Vater in einer Schubkarre heim.
Er schoß, mit einem Ball aus alten Strümpfen,
die zärtlichsten Flanken des Viertels. Er, Banane,
der sich nachts ins Stadion schlich
und den Rasen nicht zu betreten wagte.

Hogg, der Riese, und Fogg, der Zwerg,
blieben Junggesellen. Sie verkauften Feuerzeuge
und Kugelschreiber, Amulette gegen den bösen Blick.
Hogg, der Riese, hob Fogg, den Zwerg, fünfmal täglich
vom Kaffeehaus zur brausenden Brücke hinauf,
Fogg machte Reklame für Autowerkstätten,
Hogg fürs Kaffeehaus, wo er Wettessen gewann,
im Kaffeehaus Zu den drei Orangen,
wo sie bleiben durften.

Es gibt eine Liebe, schrieb Madame Gillette,
die so groß ist, daß sie sich nicht erfüllen darf.
Die chinesischen Drucker kochten die Bergblume zu Papier,
bezahlten die Druckstöcke mit Goldstaub:
Je tiefer die Gravur, desto haltbarer das Relief,
desto mehr Gold für den Schnitzer.
Einmal im Monat wuschen die Mönche
die Tinte von den Druckstöcken.
Zerschlagen in Worte war das Ganze.
Wasser, gib es zurück.
Am Ufer knieten die Gläubigen,
Messinghülsen in der Hand, druckten
Strophen in den Strom.

Mein Vater erzählte mir von der Brücke.
An ihren Armen hing die Stadt. Morgens,
wenn Zukunft und Erinnerungen erwachten,
war sie leicht wie die Schuhe der Diebe,
zerstört und erneuert wie die Hoffnungen der Straßenkinder.
Die Fähren erschienen mit der Stille der Legenden
und dem Lärm der Pünktlichkeit. Mittags
pflanzte die Korbflechterin Zana eine Sesamwurzel,
sie hat die Kraft, die bittere Tür zu öffnen,
vor der die Finsternis ihr *unmöglich, unmöglich!* verlangt.
Nachts kreuzte das Kakteenschiff von Sir Lancelot Spratt,
der ein raketengetriebenes Netz für den Entenfang erfand
und nichts fürchtete außer den Menschen.

Großmutter schwamm in einem Sarg aus Glas
aufs Meer hinaus, mit *Rolling home*.
Mein Vater arbeitete beim Brückenzoll.
Mein Vater erzählte mir von den Havarien.

Fatima Ahavzi,
Händlerin auf dem Basar

Wenn die blaue Stunde kommt, beginnen die Konturen
von den Tonkrügen zu fließen, Pfützen aus Ocker
mit ruhigen Schwimmern, die sich in Düfte verwandeln,
Lavendel, Honigscheiben, das Kaffeehaus Zu den drei Orangen.
Verlockend flüstern Dschinns aus Wasserpfeifen und lavierenden
Lampen. Katzen streichen an Mauern entlang, aufklarendes
Messinggeschirr, Atlanten, Blicke, rosarot schleichend.
Ein Schleier von Vögeln wellt sich im Windhauch, Luftschiffe
schmelzen in der Ferne. Kugeln beginnen
geneigte Ebenen hinabzurollen. Dort, das ist Sindbad,
der Gewürze im Halbdunkel kostet, und haben Sie
die Schuhe Marufs gesehen, feingewirkt und leicht
wie Flirts und Tee?

Was gibt's Neues? Alte Lieder.
Gebührenerhöhungen. Kosmetik, die nicht hält, was sie verspricht.
Umrisse einer Moschee. Dr. Dentales, Zahnarzt, geheimer
Verbündeter der Süßigkeiten und bakteriellen Grabungen,
Mundhöhlenforscher, Zahnsteinmetz, Ruinologe, erklärt sich zum
Opfer der Gesundheitsreform. *Er nagt am Hungertuch, nicht Sie.*
Zur Wurzel des Übels sticht bohrende Erkenntnis: *Selbst Kronen*
sind Provisorien. Alles Vergängliche führt zur Prothese.
In allem schlägt ein Herz aus Amalgam. Es gibt keine
voneinander unabhängigen Füllungszustände. Auch
hinter Gewissensbissen lauert eine Krankenkasse.
Folgende Brücke besteht zwischen Lächeln und Brieftasche:
Je voller dieses, desto leerer diese.

Wenn die blaue Stunde kommt, werden Geschichten lebendig.
Die Galoschen des Glücks hängen am Torbogen
zum Riad Zitoun. Die Karawanserei ist voller Flöhe und Menschen.
Der Erzähler braucht: eine Autobatterie, Mikrofon, Lautsprecher.
Trommeln und Schalmeien im Hintergrund, wo Azetylengelb
sich unter die Sterne mischt. Die Membranen knarren, die Vorstellung
im Abenteurerkino beginnt. Kamele von Samarkand,
die sich entfernen zur Scherenschnitt-Karawane, flimmernd
in der eisenroten Sonne. Traumsand steigt von den Zimtläden,
sie haben mit Zauberern getauscht. Die Melonen befinden sich
wenige Zentimeter über dem Erdboden. Gemurmel. Gesichter
gleichen flüssigen Fotografien.

Hermès und Lagelli: Dienstleistungen. Transporte. *Handys – sehr billig,*
Damen – sehr willig. Förster im Wald der Paragraphen. *Kanalarbeit:*
Der Stadt steht das Wasser bis zum Hals. Verwechseln Sie
trotzdem die Wahrheit nicht mit einer Toilette. Politiker
kennen drei Arten: die einfache, die reine, die lautere Wahrheit.
Sprechen wir von Geld? Das Salär ist das Salz in der Suppe.
Wo Geld verachtet wird, ist Leben nicht kostbar,
denn Geld ist geronnene Zeit. Neuer Markt?
Alles gab es schon. Die Blumen blühen epigon.

Eine Waage steht in der Mitte, nennt den Preis der Dinge.

Agentur Hocos & Pocos. Bioresonanztherapie. Heiratsanbahnung.
Semiramis Floralopolos, Gärtnerin, hat Sehnsucht
nach einem Mann. Gespräche bei Kerzenschein,
Essen in einer Wolke von Blattpflanzen, Liebe. Aber
wie vermeide ich es, eine Niete zu ziehen?
Einen vegetarischen Fleischer, einen Schornsteinfeger

und Pechvogel, einen Rechtsanwalt, der an Gerechtigkeit
glaubt, eine biertrinkende, fußballversessene Couchkartoffel?

Wenn die blaue Stunde kommt, spielt das Grammophon
vor dem Argentinischen Haus. Die Nadel feilscht mit dem Staub
um die Tangos und Arien. Patchouli-Aroma, Kreuzkümmel,
Ingwer. Das Horoskop hat es nicht prophezeit:
Federnstieben. Aufgeschlitzte Inletts segeln aus dem Fenster
der Königin der Nacht. Die Zauberflöte erklingt zum Ehekrach.
Blumentöpfe fliegen auf Pupo, den Macho. Er lacht Giulietta aus,
die man die römische Furie nennt. Der tätowierte Drache flattert.
Wie deine Augen blitzen! schreit Pupo. Wütend
bist du am schönsten! Beifall. Aus einem Kochtopf kleckert
seine Schallplattensammlung auf die johlende Menge.
Giulietta: Da hast du! Ich hab genug von dir, du Idiot!
Er ist kleiner, als du denkst!

Omar und Babuschka al-Nasreddin: Gebraucht- und Fluchtwagen,
Teppichhandel. *Wenn du willst klopfen weich deine Kundschaft,*
dein Verkaufsgespräch muß sein wie Hammer auf Steak,
zugleich umduftet von Rabatten wie Haschisch,
er sei gepriesen. Am besten läuft Handel mit Schuhen
für Frauen, auch schöne Frau – schöne Tasch. Hast du
Schnauze voll von Mitmensch, mußt du gehen dir
Elefanten anguck. Drüssig über ihrer nie du wirst!

Wenn die blaue Stunde kommt, tanzt Nello
mit Prinzessin Khourtchaeff, der letzten Sternkreuzordensdame.
Der Ehrenkodex der Taschendiebe rät: Jetzt nicht.
Ihre Fortuny-Kleider, rostig von Broschen, tarnen
einen Harnisch aus Melissengeist und Erinnerungen

voller verschollener Farben, seltsam wie Fabergé-Eier
und die Meubles im Winterpalais. Haltung!
Ein Auge, das ist doch was! kommt es unbewegt
aus ihrem Echsengesicht. Und was für ein Glück,
daß du dir jeden Morgen die Füße wäschst!
Uexküll, ihr halbblinder Kammerherr, übriggeblieben
aus dem Zeitalter der Hofknixe, Zeremonienmeister
und Orangerien, verneigt sich. Jawohl, Hoheit.
– Eine Hand löscht. Zur blauen Stunde erklingt
Musik im Blumenzelt der Gaukler. Die Wahrsagerin
kommt näher. Man nennt mich die Herrin der Katzen.

Makame von Selim und der schönen Shararech
(erzählt von Dr. Spiro Spero im Kaffeehaus Zu den drei Orangen)

Der Tropfen Honig fängt die Fliegen,
mit Essig sind die Fliegen
auch in Eimern nicht zu kriegen (türkisches Sprichwort)

Seitdem er die Kinder-Amulette abgebunden – und den männlichen Turban umgewunden – trieb Selim ein unbestimmtes Verlangen – zum Schneider Gültekin zu gelangen – denn dort, zur Wasserpfeife auf einem Stuhl – erzählte der alte Hassan von Istanbul – erzählte elastisch und plastisch – gestenreich und phantastisch – und Selim wurden die Augen weit – von den Geschichten aus vergangener Zeit. – Er fühlte sich wie berauscht und trunken – in fremde Welten versunken – als es eines Tages geschah – daß Selim Hassans Tochter sah. – Sie grüßte mit blitzenden – Augen den Sitzenden – die weiche Welle – ihres Blicks auf der Stelle – drückte in all seine Gedanken 'ne Delle. – Sie ging zum Vater, nahm die Wasserpfeife – beugte sich, Selim bemerkte die reife – mit stolzen Zimtbeeren geschmückte Augenweide – zwei Halbkugeln prall gerundete Seide – es fuhr wie ein Blitz – mitten in sein Mannesgeschütz – er sah die Biegung der Hüften – das Haar locker von Ghassoul, schmeichelnd mit Balsamdüften – bis zum Nabel reichend, wo ein Rubin-Piercing funkelte – Selims Besinnung umdunkelte – schließlich die rote Würzeblume ihrer Lippen – Selim drohte vom Stuhl zu kippen. – Selim mußte sie wiedersehen – ja, es mußte noch mehr geschehen – was, wenn seine Frisur ihr nicht gefiel? – Sein Look überhaupt, sein Zehntagebart, sein Profil? – Er ging zum Frizör phantastique – und dachte: Der macht mich hip und schräg und chique – so wie im Fernsehn und Internet – die jungen Männer cool und adrett. – Der Frizör war ein trendiger

Szeneladen – Treffpunkt der Jugend des Viertels, Tiraden – des neuesten Klatsches, Gelächter durchzogen den Raum – das Klappern der Scheren, Haarschneidemaschinen, der Pinsel im Rasierschaum – Rui Rauhbein, gefürchtet für seinen groben Witz – näherte sich Selims Sitz – lauschte stotternd vorgebrachten Worten – nach Verschönerung allerorten – fragte lässig: »Machst du dich für deine Fladenbrote schön – können sie plötzlich deine Frisur nicht mehr sehn? – He, Jungs, habt ihr schon mal gehört – daß 'ne Pirogge sich an Bartstoppeln stört?« – Er hielt den Rasierpinsel an die Stirn – galoppierte im Laden herum mit diesem Gehörn – beschrieb zum Schenkelklatschen der Jugend eine kurvige Linie – in der Luft und säuselte: »Wie heißt denn die holde Pinie? – Wie heißt die Verzauberin deines Herzens, die Fee – ist es womöglich die schöne … Sharareh?« – »Was hören wir da?« tönte es vom anderen Ende – durch das shampooduftende Gelände – wo zu orientalischer Wohlfühlmusik – höchst anspruchsvolle Kundschaft umhegt wird im Frizör phantastique. – Vier Stühle rückten. Näher kamen zu Selim und schrien – »Du Nichtsnutz!« die halbfrisierten Brüder Gültekin – »Wenn du was von unserer Schwester willst, das schlag dir aus dem Sinn! – Ein Fladenbrotbäcker, wo kämen wir da hin? – Sie kommt unter einen besseren Sattel – denn dein Verstand ist nicht größer als eine Dattel – und dein Konto ist leer wie der Magen im Ramadan – wehe, du wagst es und siehst Sharareh auch nur an – dann backen wir dich eigenhändig mit deinen Fladenbroten – und vorher wirst du flachgeklopft und feingeschroten – zieh Leine – beim Barte des Propheten – sonst machen wir dir Beine – mit Pauken und Trompeten! – Und du, Rui Schwatzmaul, merk' dir: Halt dein Mundwerk im Zaume – kapiert? Sonst gibt's auf die Pflaume!« – So die vier gewalttätigen Schneider – leider. – Selim ging traurig, ein armer Tropf – zwar frisch frisiert – von Rui Rauhbein melonenglatt rasiert – doch sein Mut geschrumpft zu einem Stecknadelkopf. – In den nächsten Wochen verbrannten viele Fladenbrote – so daß der Meister mit Hieben drohte – die Gesellen Selim mit Spott und Hohn übergossen – als sie erfuhren, daß die Ehe beschlossen – zwischen der Blume des Morgenlands – und dem Chef des Export-/Import-Verbands. – »Was?« schrie Selim in seiner Pein – »Der alte Abdul soll es sein? – Abdul Ibrahim Ben Feisal Ibn Kassim Abu Schofel – der schreibt ja mit einem f die Pantofel – dieses Hammelbein mit Glatze, Triefauge, Wanst wie ein aufgeblasener Dudelsack – diese Sabberlippe mit dem Geschmack – eines neureichen Dandys dabei stammt sein Geld aus dem Schmuggel mit Handys – und tut, als ob von den faulen Äpfeln in seiner Kiste – kein Mensch in diesem Viertel was wüßte – und dieser ach so ehrbare Mann – glaubt, daß er mit Geld alles kaufen kann – dabei ist er eine abgedroschene Tenne – eine als Mann verkleidete Henne – eine abgespannte Bogensenne – ich hab' ihn beobachtet, wie er ißt – den kleinen Finger wie eine Schwuchtel gehißt – dieser ausgebrannte Zunder – mit seinem Export-/Import-Plunder – als Geschäftsmann ist er freilich gerissen – dieser Mürbeteigkrümel soll meine Sharareh küssen?« – Da entschloß sich Selim zu einem großen Schritt – schickte eine SMS an Sharareh und teilte ihr seine Gefühle mit – wartete drei bange Tage – was sie zu diesem Geständnis sage. – Am vierten Tag ruckelte sein Mobiltelefon – Selim wurde rot wie Klatschmohn – dann wie das Fruchtfleisch einer Litschi blaß – als er folgende Power-SMS las: »Lieber Selim, die Hochzeit mit Abdul ist beschlossene Sache – obwohl ich mir aus dem alten Geldsack gar nichts mache! – Dagegen als ich dich das erste Mal gesehen – mußte ich schnell wieder hinausgehen – dein Blick hat mich mit einem Zaubernetz gefangen – ins Herz gebissen, als wär's geflochten aus Schlangen – in meinem Blut kreist ein Doppeltrank – macht mich glücklich, macht mich vor Sehnsucht krank! – Aber liebst du mich auch wirklich? Ihr Männer seid schnell beim Schwören – und laßt euch von schönen Oberflächen betören – ob eine Frau intelligent ist – aufrichtig und eloquent ist – ob sie ein warmes Herz hat – auch im Schmerz einen Scherz hat – oder eine garstige Schnake ist – und Gedanken hegt, übelriechend wie Mist – das kümmert euch keinen Eurocent – wenn nur im Bett das Feuro brennt! – Rui Rauhbein wollte auch was von mir – er ist so ein Unter-Gürteltier – hat mir mit Schwüren ein Ohr abgekaut – und nur auf meinen Busen geschaut! – Mein Handy ist leer – ade – bald mehr – Sharareh.« – Rui Rauhbein war eine Scharwenzelmotte? Und zog seine Kreise – um Mond Sharareh auf somnambule Weise? – Deshalb wußte der Kerl Bescheid! – Die besten Beobachter sind Eifersucht und Neid! – Der Tag der Hochzeit rückte näher – die Brüder Gültekin waren grimmige Späher – hörten eines Nachts vor Shararehs Fenster – nach Rui Rauhbein und Spießgesellen klingende Gespenster – doch kamen diese auf der Leiter – in jener Nacht nicht weiter. – Rui Rauhbein war eine Woche verschwunden – kam wieder in Gips und unfall-chirurgisch verbunden – und wohin Selim auch Fladenbrote fuhr – Tayfun Gültekin blieb ihm auf der Spur. – Selim schickte eine Nachricht an seine Liebste – doch was in der Nähe piepste – war zwar das Handy von Sharareh – aber Tayfun hielt es in die Höh' – so daß Selim gut daran tat – daß er kräftig aufs Gaspedal trat. – Vor der Hochzeit sandte Abdul Vertreter – um den Vertrag auszuhandeln nach Sitte der Väter – auch bestellte er mich zum medizinischen Sachverständigen – um ein Zeugnis auszustellen und ihm auszuhändigen – über den Gesundheitszustand der »Ware« – so seine Worte – an nüchternem Orte – »und ob mir schon jemand in die Suppe gespuckt hat, die klare – ich habe ein gewisses Vermögen – und sie nur Jugend und Schönheit dagegen – bei dieser Ausgangslage – will ich sichergehen – in jener delikaten Frage – Sie verstehen? – Ich wünsche das Tor noch verschlossen zu sehen.« –

Am nächsten Tag knatterten vier Feuerstühle – in der morgendlichen Kühle – eine Tante zum Dabeisein, zwei Brüder Gültekin – und Sharareh, die tief verschleiert erschien. – Ich komplimentierte die Brüder zum Tee – und bat nach nebenan die Tante und Sharareh. – Sie räusperte sich, zeigt mir ihr Gesicht – ich traute meinen Augen nicht – ein beuliger Ausschlag kam ans Licht. – Die Tante fragte: »Sind wir ungestört? – Nebenan kein Stethoskop, das heimlich mithört? – Ihr Papagei, kann er sprechen? – Würde er unter Folter sein Schweigen brechen?« – Und als Sokrates ängstlich höher flatterte – erzählte Sharareh, was sie auf dem Herzen hatte. – Sie bat um meinen Rat – in Form von einer Tat. – »Nun, Abdul Ibrahim Ben Feisal – ist nicht ganz das von dir geschilderte Scheusal – ich kenne ihn als klugen, umsichtigen Mann – ließ für seine erste Frau große Zuneigung und Achtung spüren – nur nach dem Anschein zu urteilen, kann – in die Irre führen.« – »Das ist mir bekannt« – antwortete Sharareh auf meinen Einwand. – »Deshalb haben wir den Ausschlag fingiert – um zu prüfen, welcher der Männer Sharareh so zur Hochzeit führt« – wie mir die Tante – nachdem ich den Hippokrates-Eid umgedreht hatte, bekannte. – »Ich bin Maskenbildnerin und eine moderne Frau – nehme es mit den Männern und dem Job genau.« – Letzteres stimmte, wie meine Untersuchung erbrachte – die Pusteln wirkten so echt, daß man an Lepra dachte. – »Die Frage ist nun, lieber Doktor, der Krankenschein. – Wir meinen, es soll Ihr Schade nicht sein.« – »Meine Damen, diese Diagnose – wäre nicht nur eine ahnungslose – ich setze meine Zulassung aufs Spiel – denn ganz so schlicht, wie Sie glauben, kommen wir nicht ans Ziel – es gibt eine ärztliche Meldepflicht, Quarantäne – Amtsärzte, Inspektoren von der Hygiene – die Infektionsstation im Krankenhaus – da kommt Sharareh ohne Untersuchung nicht hinein, nicht hinaus – meine Damen, Sie bauen ein Kartenhaus!« – Da sah ich die beiden betreten – zu Boden schauen und beten. – Was täte ich, wenn sie meine Tochter wäre – und ließ dem Menschen im Arzt die Ehre – lieh mir Shararehs Handy – Kollegen fanden einen modus vivendi – dann bat ich Shararehs Brüder herein – sie erstarrten vor Schreck zu Stein – stammelten, wehklagten, schrien – »Krankenhaus, Schande, Ansteckung, Ruin! – Wie lange hast du das schon – grad vor der Hochzeit, wie uns zum Hohn! – Wie bringen wir das nur Abdul bei – der erklärt sich für ledig und frei – so steht es geschrieben im Ehevertrag – hier Schönheit, unberührte Jugend, da der bare Betrag! – Gibt es kein Mittel, sie zu heilen – Amca Spero, auch keins zwischen den Zeilen?« – Plötzlich rief Mehmet Gültekin – »Gülsüm, du bist doch Maskenbildnerin – kannst du den Ausschlag nicht kaschieren – wenigstens bis zur Hochzeit, daß wir uns nicht blamieren?« – Worauf die Tante stark erblaßte. – »Bei diesen Pusteln?« rief ich schnell, »wird das ein Gebirge aus Paste! – Das kann nicht funktionieren – ihr werdet euch erst recht blamieren.« – »Das ist eine Krankheit, von der es kaum Heilung gibt – nun wird mich heiraten, wer mich für meine inneren Werte liebt!« – verkündete selbstbewußt Sharareh – aber die Brüder schimpften sie dumm und klagten Ach und Weh. – Und das Ende? Sharareh ist jetzt Friseuse – Selim tot in der Fritteuse – Gülsüm wurde Abduls Frau – und Witwe. Eines Nachts, erstickt und blau – von einem kleinen Stückchen Schinken – lag phantastisch unter Schminken – Abdul schlaff nach wilder Liebe. – Kamen bald darauf vier Diebe – nehmen mit, was man so braucht – Gülsüm sitzt dabei und raucht.

Prospero, Kastellan des Archivs

Ich habe Sie schon erwartet. Für Sie
öffne ich den blauen Almanach. Wenn Sie mir folgen wollen.

I Brief aus den Schloßgärten

Dornenhecken umgeben die Gärten. In den Zwingern
wittern die Hunde, sie bellen nicht, sie sind
nicht unsicher. Die Türen der Zwinger sind angelehnt,
in der Dunkelheit, wenn die Feinde zahlreicher
und verborgener sind, gleiten die Hunde hinaus.
Zäune aus Zufriedenheiten umgeben
die Gärten, die Mauern tragen Stacheldraht
und reichen tief in die Erde, keine Ratte, kein Maulwurf
soll sie unterwühlen können. Die Gärten überspannt ein Netz
von Blicken, Radaren und Scheinwerfern:
Vögel könnten Unheilbringer sein, Flugzeuge tödliche Last
ausklinken. Die Gärten lauschen, die Stille
fängt das Geräusch der fließenden Zeit ein, Gelächter
und Scherzen hallt in fernen Echos, verlorene Unschuld.
Im Innern der Gärten, im Traum der Kartographen,
blüht das Geheimnis, wirft blaue Schatten zu uns,
kommt und vergeht, kommt und vergeht,
wieder und wieder.

II Monolog des Theaterdirektors

Das Theater war in stetigem Wachsen begriffen.
Die Spiegelbilder begannen mir zu gleichen.
Ich glaube, alle fanden es angenehm,

daß ich die Tage langsamer stellte am Regler.
Schlaf war ein Wartesaal für Körper,
denn ich interessiere mich für die Möglichkeiten
des Traums. Wir hatten die Gesten geprobt auf der Bühne,
wieder und wieder; sie mußten genügen für das Stück.
Aber Schauspieler sind schwach. Es gab
das innere Netz, in dem sie sich immer wieder
verfingen. Irritierend vor allem das, was sie *die Liebe*
nannten. Für die Aufsässigen hatte ich Regisseure
und die Katakomben. Aber die anderen
hatten Schwierigkeiten, ihren Text zu behalten.
Auch im Publikum spielte jeder
immer nur sich selbst.
Ich sah es in meiner geheimen Loge,
meinem Bienenstock aus Augen und Ohren.

Tief in der Nacht, wenn ich Rat suche,
betrachte ich das Portrait des Marionettenspielers,
jenes, dessen Spiele makellos sind.

III Aus dem Buch der Wünsche

1. »Frieden. Anerkennung. Liebe.« Und senkte das Schwert.
2. »Wir wollen leben«, sagten die Wärter und öffneten die Tore.
3. »Geh mir aus dem Licht«, sagte der Schatten.
4. »Ich werde dich töten«, sagte der Gerechte zum Tyrannen. »Solltest
du an die Macht gelangen, wird großes Unheil über uns alle kommen.«
– Der Tyrann, der den Gerechten liebte, strich sich den Bart, lächelte.
»Wenn du es tust – wer wird dann von mir wissen?«
5. »Laß uns nie Frieden schließen«, sagte die Traurigkeit zur Freude.
»Denn was bin ich ohne dich.«

6. »Ich will dich sehen«, sagte der Spieler.

7. »Der König lebt«, sagte der Narr. Über den Wandernden schien eine Sonne aus Gold.

8. Zeig mir mein Gesicht, Spiegel.

9. Balsam und Gift, daß er verschwinde, Durst, der sich mit Übel stillt, und hoffst den andern: Das, was man wünscht, nicht zu bekommen.

10. »Dem Volk aber gib drei Dinge«, hörte der König. »Lot, Brot, Morgenrot.«

Blau & Blau

Geburtshilfe

Zerstören ist uninteressant, sagt der Libellenforscher
und nimmt die langsam strömende
Idee des Fliegens zurück, öffnet die Jalousie
für Schlafschaum und Tokogramme, die schuppige
Haut der Krankenhausplatanen, drittmittellos oxydieren
ihre Korkenfrüchte, dahinter vertäuen Stahl & Orange
das Hochhaus der Unfallchirurgen, sie haben
essigscharfe Skalpelle und Anamnesen, das Gedächtnis
des Körpers, und was klopft, sind Fragen.

Spiro Spero meint, die Nase sei ein unterschätztes Organ.
Er besitzt eine bedeutende Bibliothek über Nasen.
Ich bin seine Geliebte, doch meine Geliebte
heißt Madame Clairon; sie sagt: Das Licht
schmiegt sich auch Ungeheuern an.

Das Botanische Schiff wird eingeschaltet im Papier
der Flachbildschirme, Kammerjäger Eero Hakkinen
schläft in einer Koje aus Mottenflügeln. Skizzen, Eisenkraut-
Spanten, an Haftnotiz-Karabinern klettern
die Tangofeuerschnecken der Entdeckung,
und hinter Bärenklau, in der Liebe der Schwammspinner,
hängt das Deck der Schallplattensammler.

Mein Vater ist der Bestatter,
wir wohnen über der Schiffswäscherei.
Neben uns wohnt Herr Huun Huur Tu
und spricht mit den Geistern von Ulaanbaatar.

Im Café sitzen die Architekten von [propeller.gelb]
bei Latte macchiato und Notebooks mit Kugelalgen, *having
discourses and interactions* über die Mönchsordenhäuser,
deren Nein anmutig ist wie Klarheit.
Architecture is frozen music.
Aber die *location* dreht sich kein bißchen
zum Nachtigallengarten, in die Windrichtung
eines Auftrags (wenn wir nur könnten, wie wir wollten) –
wie wärmend sie gefangennehmen, diese Wolkenschrauben
in der Lounge der Wörterbuchhöhlen.

Der Heizer Pupelle duscht eine Stunde, mag Hemden nur weiß.
Dann bindet er eine Krawatte um und geht in den Wald,
um an seiner Monographie des Kuckucks zu arbeiten.

Ein Shampoo-Zylinder mit Luftbläschen darin:
Wer sagt, daß es keine Milchstraßen sind in
schlickträge kippenden Konstellationen?
gez. Ich, Kolloidchemiker.

Die ungeborene Stadt lockt mit ihren Seerosenzimmern,
ein Tuschpinsel wartet auf einem Bogen Zeit,
und um das Bild des Hafens bei ruhigem Wasser zu erwecken,
genügt der nasse Ast des Wacholder.

Die Grenze von Tag zu Tag ist schwerelos
wie das Flimmern der Delphine,
die Flügel der Kindheit
werden gefangen in den Netzen der Menschen.

Bestattungen

Ihre Nabelschnur, Sanitätsrat Herz,
führte hinter ein schwarzes Tor,
Sie hatten mich schon bestellt,
als Sie die Schublade aufzogen
und mir sagten, um mich abzulenken,
ich lächelte wie ein böses Pferd.

Sie, Bagaméry, Eisverkäufer,
schnitten mit Ihrer Schere Telefonschnüre durch
zur Beförderung der anarchistischen Idee,
aber wartenden Augen konnten Sie nicht widerstehen
und fuhren glücklich, geliebt von den Kindern,
den verschenkten Eiswagen nach Hause,
wo Sie bemerkten, daß Sie vergessen hatten,
Ihrem Sohn ein Eis zu kaufen.

Durch einen Zufall dem Transport entgangen, überlebte
Wladimir Grünspan beim einzigen verbliebenen Bekannten,
seinem Gerichtsvollzieher Hans Müller,
dessen Frau sich erhängte, als eintraf das Mutterkreuz und
der vierte und letzte Karton mit persönlichen Gegenständen.

Verehrte tapfere Comtesse Orlowa, Postbotin,
auf dem Kinderacker liegt Ihr Junge.
Es war Krieg, ein Bombentreffer unterbrach den Strom
für Krankenhaus und Inkubator.

Loona Glasblum, Sie kamen immer gegen zehn
vom Tanzkurs zurück, trugen einen Toque-Hut,

schalteten das Licht ein, gingen Gassi mit dem Hund,
der das Bein am Fahrrad des Kochs aus der II. Etage hob,
hörten Wiener Walzer in der Nacht, einen immer wieder.

Dankeschön an Ihre Kopf-und-Kragen-Kunst,
Manuzius, Setzer und Drucker, genannt Schweizerdegen,
Sie liebten Tausendfüßler und eine einarmige Elefantin
und fragten sich: Was macht das Hippopotamus bei Nacht?
Wo treibt der Baum der Auferstehung
seine feuerfesten Blätter?

Und Sie, de la Perière,
mit Ihrer Augenklappe und den Bildern in Südseefarben,
sind nun endgültig auf Ihrem Gespensterboot
bei Ihrer Mannschaft, der Sturm tost
in den unteren Zonen, singt Lili Marleen
im Dunkel westlich von Gibraltar.

Hygieia Draculić, Putzfrau im Schloß

Schuhe abtreten, bitte! Ich habe hier eben gewischt,
Zigarettenkippen aus den Aschbechern der Diplomaten gefischt,
Papierkörbe geleert, ausgekehrt und staubgesaugt
und fühle mich jetzt entsprechend ausgelaugt!
Sie ahnen ja nicht, was in den Ecken, Fluren und Gelassen
die hohen Damen und Herren an Dreck hinterlassen!
Nach außen Kultur und Manieren,
insgeheim aber Tische und Wände beschmieren,
in Gesellschaft benimmt sich Frau Politikerin sanft wie ein Schwan,
doch ist die Kamera aus – wie ein Elefant im Porzellan!

Alle Intrigen auf Papier
landen letzten Endes bei mir.
Nach vorne fein, nach hinten Schwein,
das ist für mich das Mensch-Sein.
Mir können Sie nichts erzählen!
Meine Arbeit ist schlimmer als Zwiebeln schälen,
zerschundene Knie, am Rücken krank,
man schuftet und putzt, und was ist der Dank?
Morgen liegt wieder ein Griebs im Schrank.
Sie lachen, aber das ist der Lauf der Welt,
kein lobendes Wort, zertrampelte Arbeit, kein Geld.

Jetzt muß ich noch das Blaue am Himmel putzen.
Geben Sie acht, daß Sie es nicht verschmutzen!

Abend beim Kritiker, fortgeschritten

Er sagt, daß die Augen Mozarts
nicht gestorben seien.
Sie gleiten durch die Gesichter
und halten inne. Anderthalbmal pro Jahrhundert,
schätzt er.

Das halbe Mal sei es das Glasauge
eines seiner auch in der Hölle praktizierenden,
auf Nachruhm begierigen Kritikervorfahren.

Ich bekomme immer gereizte Teufel zu hören,
wenn ich dort anrufe, sagt er. Der Vorfahr sei
ein schwieriger Mensch.

Zum Beispiel gefalle es ihm nicht,
daß es fünfundzwanzig Uhr schlägt
mitten in seiner Siesta. Der Vorfahr
nun seinerseits habe Krach geschlagen.
Im *Hades*, der führenden Zeitschrift dort.

Auch gebe es – wie immer – viel zu viele
Manuskripte. Dies sei die Rache
von Dichtern, die sich ihrer Mittel besonnen hätten
nach dem Fehlschlag des Projekts *blaue Blumen*
für unsere Feinde, Deckname *Veilchen*.
Hemingway, ihr bester Boxer, genieße Privilegien
und sei meistens beim Angeln.
Außerdem habe die Kritikerriege Einigkeit bewiesen
und sich im Zurück-Zurückschlagen geübt.

Nach einer weiteren Flasche Wein kam er zur Hauptsache,
einem Poem eines dieser Brat-Kombattanten,
das ihm sein Vorfahr zum Gegenlesen geschickt habe.
Er las. Und war dann auch der Ansicht,
daß die Schmetterlinge darin
Flügel von Wilkinson haben müßten,
um des Gestrüpps Herr zu werden
und der Wahrheit näherzukommen.

Bewohner

Hinter die Fassaden
wird man selten geladen.

© Insel Verlag Frankfurt am Main und Leipzig 2009. Alle Rechte vorbehalten, insbesondere das der Übersetzung, des öffentlichen Vortrags sowie der Übertragung durch Rundfunk und Fernsehen, auch einzelner Teile. Kein Teil des Werks darf in irgendeiner Form (durch Fotografie, Mikrofilm oder andere Verfahren) ohne schriftliche Genehmigung des Verlages reproduziert oder unter Verwendung elektronischer Systeme verarbeitet, vervielfältigt oder verbreitet werden. Bezugspapier: Jörg Hülsmann und Iris Ugurel. Gesetzt in der Schrift Adobe Garamond. Gedruckt auf holzfreies, alterungsbeständiges Papier der Firma Cordier, Bad Dürkheim vom Druckhaus Nomos. Gebunden in Fadenheftung von der Buchbinderei Spinner, Ottersweier. Printed in Germany. Erste Auflage 2009. ISBN 978-3-458-19323-4

1 2 3 4 5 6 – 14 13 12 11 10 09